Bravura indômita

Charles Portis

Bravura indômita

Tradução
Cássio de Arantes Leite

ALFAGUARA

© 1968, Charles Portis
Todos os direitos reservados, incluindo os direitos de reprodução total ou parcial, em qualquer formato

Todos os direitos desta edição reservados à
Editora Objetiva Ltda.
Rua Cosme Velho, 103
Rio de Janeiro — RJ — Cep: 22241-090
Tel.: (21) 2199-7824 — Fax: (21) 2199-7825
www.objetiva.com.br

Título original
True Grit

Capa
Rodrigo Rodrigues/DuatDesign, a partir de cartaz cedido pela Paramount Pictures

Revisão
Rita Godoy
Ana Kronemberger
Joana Milli

Editoração eletrônica
Abreu's System Ltda.

CIP-BRASIL. CATALOGAÇÃO-NA-FONTE
SINDICATO NACIONAL DOS EDITORES DE LIVROS, RJ

P88b

    Portis, Charles
        Bravura indômita / Charles Portis; tradução Cássio de Arantes Leite. – Rio de Janeiro: Objetiva, 2011.

        187p.   ISBN 978-85-7962-043-0
        Tradução de: *True grit*

        1. Ficção americana. I. Leite, Cássio de Arantes. II. Título.

10-4887.   CDD: 813
                                      CDU: 821.111(73)-3

Para minha mãe e meu pai

Ninguém põe fé que uma menina de catorze anos possa sair de casa e viajar em pleno inverno pra vingar a morte do pai, mas na época não pareceu tão estranho, embora eu deva reconhecer que isso não acontece todo dia. Eu tinha só catorze anos quando um covarde que atende pelo nome de Tom Chaney meteu uma bala em meu pai lá em Fort Smith, Arkansas, e roubou sua vida, seu cavalo e 150 dólares em dinheiro, mais duas moedas de ouro da Califórnia que ele levava em uma faixa na cintura.

O que aconteceu foi o seguinte: a gente tinha o título definitivo de 480 acres de uma boa terra de aluvião na margem sul do rio Arkansas, não muito longe de Dardanelle, em Yell County, Arkansas. Tom Chaney era um colono, mas trabalhando por paga, não por participação. Ele apareceu um dia morto de fome, montado num cavalo cinza com uma manta imunda no lombo e um cabresto feito de corda em lugar de rédea. O pai ficou com pena do sujeito e deu pra ele um trabalho e um teto pra morar. O lugar era um barracão de algodão transformado numa pequena cabana. Tinha um bom telhado.

Tom Chaney disse que vinha da Louisiana. Era um homenzinho baixo e com uma expressão cruel. Depois eu falo mais sobre a cara dele. Ele carregava um rifle Henry. Era solteiro e tinha uns vinte e cinco anos de idade.

Em novembro, quando o resto do algodão foi vendido, o pai enfiou na cabeça de ir pra Fort Smith e comprar alguns pôneis. Ele tinha ouvido falar que um negociante de gado de lá chamado coronel Stonehill havia comprado uma quantidade muito grande de pôneis boiadeiros de uns vaqueiros texanos a caminho do Kansas e agora não sabia o que fazer com eles. Estava se livrando do lote por uma mixaria, pra não ter que alimentar os bichos durante o inverno. O pessoal do Arkansas não gostava muito dos pôneis selvagens do Texas. Eram uns animais pequenos e maldosos. Não conheciam outra comida além de pasto e não pesavam nem quatrocentos quilos.

O pai tinha uma ideia de que os pôneis iam ser bons pra caçar veado, porque eram rijos, pequenos e capazes de acompanhar os cães pelo mato. Ele pensou que se comprasse uma quantidade pequena e as coisas funcionassem ia poder criar e vender com essa finalidade. Sua cabeça estava cheia de planos. De qualquer jeito, ia ser um investimento bem modesto para começar, e a gente tinha uma plantaçãozinha de aveia resistente e um bocado de feno pra manter os pôneis até a primavera, quando iam poder se alimentar no nosso imenso prado do norte e pastar uma erva mais verde e suculenta do que jamais tinham visto no "Estado da Estrela Solitária". Pelo que eu me lembro, o grão de milho custava menos de quinze centavos o alqueire, na época.

O pai queria que Tom Chaney ficasse e cuidasse das coisas enquanto ele se ausentava. Mas Chaney insistiu muito em ir junto e depois de um tempo levou a melhor sobre a índole afável do meu pai. Se o pai tinha um defeito, era seu bom temperamento. As pessoas se aproveitavam dele. Meu lado difícil, dele é que não puxei. Frank Ross foi o homem mais bondoso e honrado que já viveu. Ele nunca passou do primário na escola pública. Era um presbiteriano Cumberland e maçom e lutou com determinação na batalha de Elkhorn Tavern, mas não saiu machucado daquela "rusga", como Lucille Biggers Langford afirma em seu *Tempos de outrora em Yell County*. Acho que estou em posição de saber os fatos. Ele foi ferido na terrível batalha de Chickamauga, no estado do Tennessee, e esteve perto de morrer a caminho de casa por falta dos devidos cuidados.

Antes de o pai partir pra Fort Smith, ele tomou as providências para que um homem de cor chamado Yarnell Poindexter alimentasse o rebanho e cuidasse da mãe e da gente todos os dias. Yarnell e a família moravam bem perto de nós, numa terra que ele arrendava do banco. Era nascido de pais libertos no Illinois, mas um sujeito chamado Bloodworth sequestrou ele no Missouri e o trouxe junto pro Arkansas um pouco antes da guerra. Yarnell era um bom homem, moderado e trabalhador, e mais tarde se tornou um próspero pintor de casas em Memphis, Tennessee. A gente se correspondeu todo Natal até ele falecer, na epidemia de gripe de 1918. Até hoje, nunca conheci nenhuma outra pessoa chamada Yarnell, branco ou preto. Compareci ao funeral e visitei Memphis com meu irmão, Little Frank, e a família dele.

Em vez de ir para Fort Smith de vapor ou trem, o pai decidiu ir a cavalo e voltar com os pôneis todos amarrados. Além de ser mais barato, ia ser um passeio agradável pra ele, e uma bela duma esticada. Não havia quem apreciasse mais uma cavalgada num corcel garrido do que o pai. Eu mesma nunca fui muito chegada a cavalos, embora me tivessem na conta de ginete bastante boa na juventude. Nunca tive medo de animais. Lembro de uma vez que atravessei uma moita de ameixeiras montada num bode temperamental só por causa de uma aposta.

De onde a gente morava até Fort Smith dava uns cento e poucos quilômetros pelo trajeto mais curto, passando pelo lindo monte Nebo, onde a gente tinha uma casinha de veraneio pra quando a mãe queria fugir um pouco dos mosquitos, e também pelo monte Magazine, o ponto mais elevado do Arkansas, mas ao que me consta podia muito bem ser cento e poucos mil quilômetros até Fort Smith. Os barcos subiam até lá, e algumas pessoas vendiam seu algodão ali, mas isso era tudo que eu sabia. A gente vendia nosso algodão mais pra baixo, em Little Rock. Eu tinha estado lá umas duas ou três vezes.

Quando o pai partiu, ele foi no seu cavalo de sela, uma égua alazã grande com uma mancha branca na cara, chamada Judy. Ele levou um pouco de comida, uma muda de roupa enrolada no meio de algumas mantas e cobriu tudo com um oleado. O fardo ia amarrado atrás da sela. Levava sua pistola no cinturão, um revólver dragoon grande e longo, do tipo com fulminante e bala esférica, que era antiquado já naquela época. Foi com essa arma que ele lutou na guerra. Fazia uma bela figura, e na minha mente ainda consigo vê-lo ali montado em Judy com seu casaco de lã marrom e o chapéu preto de domingo, e os dois, homem e animal, soprando pequenas nuvens de vapor na manhã gelada. Ele podia ter sido um cavaleiro galante das antigas. Tom Chaney montava seu cavalo cinza, que parecia mais indicado pra puxar uma charrua do que carregar um cavaleiro. Não portava pistola, mas levava o rifle preso às costas num pedaço de corda de algodão pra arado. Um sujeitinho imprestável. Ele podia ter arrumado um arreio qualquer e feito uma bela correia de couro pra usar. Mas isso teria dado muito trabalho.

O pai tinha mais ou menos duzentos e cinquenta dólares na bolsa, e o motivo de eu saber disso é que eu cuidava dos livros pra ele. A mãe era muito ruim de conta e mal sabia soletrar gato. Não sou de me gabar dos meus talentos nessas coisas. Números e letras não são tudo. Como Marta, sempre fui ansiosa e aflita com as preocupações do dia a dia, mas minha mãe era dona de um coração calmo e carinhoso. Ela era como Maria e "escolheu a melhor parte". As duas moedas de ouro que o pai levava escondido no meio das roupas eram o presente de casamento do Vô Spurling em Monterey, Califórnia.

O pai mal fazia ideia nessa manhã de que nunca mais ia ver nem abraçar a gente outra vez, nem nunca mais ia escutar as cotovias de Yell County chilreando um hino alegre para a primavera.

A notícia foi um golpe pra gente. O que ocorreu foi o seguinte: o pai e Tom Chaney chegaram a Fort Smith e se hospedaram em um quarto na pensão Monarch. Foram até a estrebaria do Stonehill e deram uma olhada nos pôneis. Aconteceu que não tinha uma única égua na cavalhada, e também nenhum garanhão, a propósito. Os caubóis do Texas tinham tocado uma manada só de capões, por motivos que só um caubói entende, e você bem pode imaginar de que grande serventia eles são pra fins de criação. Mas o pai não ia dar o braço a torcer. Estava decidido a adquirir alguns daqueles pequenos brutos e no segundo dia comprou quatro animais por cem dólares, barganhando com o Stonehill o preço inicial pedido de cento e quarenta dólares. Foi um negócio bastante bom.

Eles fizeram planos de partir na manhã seguinte. Nessa noite, Tom Chaney entrou num bar, se meteu num carteado com uma "canalha" lá da laia dele e perdeu seu ordenado. Em vez de aceitar o revés que nem homem, ele voltou pro quarto na pensão e se fechou em copas. Tinha uma garrafa de uísque e bebeu. O pai estava sentado na sala papeando com uns caixeiros-viajantes. Dali a um tempo o Chaney saiu do quarto com o rifle. Disse que tinha sido trapaceado e que ia voltar pro bar pra pegar o dinheiro dele. O pai disse que, se ele tinha sido trapaceado, então a melhor coisa era conversar com a lei sobre isso. Chaney não quis ouvir. O pai foi atrás quando ele saiu e falou pra ele entregar o rifle, pois que não estava em condições de começar uma briga com uma arma na mão. Meu pai não estava armado naquele momento.

Tom Chaney ergueu seu rifle e deu um tiro na testa dele, matando meu pai na mesma hora. Não houve qualquer provocação além disso, e estou contando como me foi contado pelo alto xerife de Sebastian County. Alguns podem dizer bom, mas por que é que o Frank Ross tinha de se meter? Minha resposta é a seguinte: ele estava tentando mostrar o bom caminho praquele demônio de pavio curto. Chaney era um colono e o pai se sentia responsável. Ele era o guarda de seu irmão. Isso responde a pergunta?

Bom, os caixeiros-viajantes não correram pra segurar o Chaney, nem mandaram bala nele, e sim saíram em debandada como umas galinhas no terreiro enquanto o Chaney pegava a bolsa do meu pai com o corpo ainda quente, arrancava a faixa amarrada na cintura e pegava também as moedas de ouro. Como sabia sobre elas, não sei dizer. Quando terminou de roubar tudo, correu pro fim da rua e acertou uma pancada cruel no vigia noturno da estrebaria com a coronha do rifle, deixando o homem caído quase sem sentidos. Pôs uma rédea na égua do pai, a Judy, e montou em pelo. Depois sumiu na escuridão. Podia muito bem ter aproveitado pra selar a montaria, ou atrelar três parelhas de mulas numa diligência Concord e fumado um cachimbo, pois parece que ninguém da cidade saiu atrás dele. Ele tinha confundido os caixeiros-viajantes com homens. "O iníquo foge se ninguém o persegue."

O dr. Daggett tinha ido até Helena pra uma de suas audiências contra as companhias de vapor e assim Yarnell e eu fomos de trem até Fort Smith pra cuidar do corpo do pai. Levei comigo uns cem dólares pras despesas, escrevi eu mesma uma carta de identificação e assinei o nome do dr. Daggett e pedi pra mãe também assinar. Ela estava de cama.

Não tinha nenhum assento disponível nos vagões. O motivo disso era que ia ter um enforcamento triplo no Tribunal Federal em Fort Smith e vinha gente de muito longe pra assistir, até mesmo do leste do Texas e do norte da Louisiana. Parecia mais uma excursão festiva. Pegamos um vagão para gente de cor e Yarnell conseguiu um baú pra gente sentar em cima.

Quando o condutor chegou, ele disse, "Tira esse baú aí da passagem, crioulo!"

Eu respondi pra ele da seguinte forma: "A gente vai tirar o baú, mas não tem o menor motivo pro senhor ser grosso desse jeito."

Ele não disse nada quanto a isso, mas continuou a pegar as passagens. Viu que eu tinha mostrado pros escurinhos o zé-ninguém que ele era. A gente foi de pé a viagem inteira, mas eu era jovem e não liguei. No caminho a gente fez uma boa refeição de umas costelas que o Yarnell tinha trazido num saco.

Notei que as casas em Fort Smith tinham número, mas aquilo ali não era cidade coisa nenhuma comparada com Little Rock. Achei nesse dia e acho hoje que Fort Smith devia ficar no Oklahoma, em vez do Arkansas, embora é claro que na época não era Oklahoma do outro lado do rio, mas o Território Indígena. Eles têm aquela rua grande e larga por lá chamada de Garrison Avenue, "Avenida do Forte", como todo lugar pelo oeste. As casas são feitas de pedras, e todas as janelas precisam de uma limpeza. Sei que muita gente de bem vive em Fort Smith e que eles têm um dos sistemas de água mais modernos da nação, mas pra mim não parece que fica no Arkansas.

Tinha um carcereiro no escritório do xerife e ele disse que a gente ia precisar conversar com a polícia da cidade ou o alto xerife sobre os detalhes da morte do pai. O xerife tinha ido pro enforcamento. A funerária estava fechada. O homem tinha deixado um bilhete na porta dizendo que voltava depois do enforcamento. Fomos pra pensão Monarch, mas não havia ninguém por lá a não ser uma coitada de uma velha com catarata nos olhos. Ela disse que tinha ido todo mundo pro enforcamento, menos ela. Disse que não ia deixar a gente ver as coisas do pai. Na delegacia da cidade a gente encontrou dois policiais, mas eles estavam trocando uns socos e não se achavam disponíveis pra perguntas.

Yarnell queria ver o enforcamento, mas não queria que eu fosse, então ele disse que a gente devia voltar pro escritório do xerife e esperar lá até todo mundo voltar. Eu não fazia grande questão de ver, mas percebi que ele queria, daí eu disse, não, a gente vai ver o enforcamento, mas que eu não ia contar pra mãe sobre aquilo. Era com isso que ele tava preocupado.

O Tribunal Federal ficava rio acima numa pequena elevação e o enorme patíbulo ficava bem ao lado. Mais ou menos umas mil e tantas pessoas e uns cinquenta ou sessenta cachorros tinham se juntado ali pra ver a execução. Acho que um ou dois anos depois eles puseram um muro em volta do lugar e você precisava de um passe da repartição federal para entrar, mas nessa época era aberto ao público. Um menino gritalhão andava pelo meio da multidão vendendo amendoim torrado e doces. Um outro vendia "tamales quentes" que ele tirava de um balde. Tamale é um tubo feito com farinha de milho recheado com carne apimentada que eles comem no Velho México. Não é nada mau. Eu nunca tinha visto um antes.

Quando a gente chegou, os preparativos já estavam quase terminando. Dois brancos e um índio estavam de pé lá em cima do estrado com as mãos amarradas nas costas e os três laços balançando frouxos do lado da cabeça deles. Todos usavam jeans novos e camisa de flanela abotoada até o colarinho. O carrasco era um sujeito magrelo e barbado chamado George Maledon. Ele usava duas pistolas longas. Era um ianque e dizem que não ia enforcar um homem que tivesse feito parte do G.A.R., o Grand Army of Republic. Um agente federal leu as sentenças, mas a voz dele era baixa e não dava pra entender o que dizia. A gente se espremeu pra chegar mais perto.

Um sujeito com uma Bíblia falou um minuto com cada homem. Achei que fosse um pregador. Ele puxou o coro para eles de *Amazing Grace, How Sweet the Sound*, e algumas pessoas na multidão também cantaram. Então o Maledon enfiou o laço no pescoço de cada um e apertou os nós até ficar do jeito que ele queria. Ele foi de um em um segurando um capuz preto e perguntou se o homem queria dizer as últimas palavras antes de enfiar o capuz.

O primeiro era um homem branco que parecia contrariado com aquilo tudo, mas não agitado como seria de se esperar de alguém naquela situação desesperadora. Ele disse: "Bom, eu matei o homem errado e é por isso que estou aqui. Se eu tivesse matado o homem que queria matar, acho que não tinha sido condenado. Estou vendo uns homens aí nessa multidão que são piores que eu."

O índio foi o seguinte, e disse, "Estou pronto. Me arrependi dos meus pecados e daqui a pouco vou estar no céu com Cristo meu salvador. Agora devo morrer como um homem". Se vocês são como eu, provavelmente pensam nos índios como pagãos. Mas peço que se lembrem do ladrão na cruz. Ele nunca foi batizado e nunca nem ouviu falar no catecismo, e mesmo assim o próprio Cristo em pessoa prometeu pra ele um lugar no céu.

O último tinha um pequeno discurso preparado. Dava pra perceber que havia decorado. O sujeito tinha um cabelo comprido e amarelo. Era mais velho que os outros dois, mais ou menos com uns trinta anos de idade. Ele disse, "Senhoras e senhores, meus últimos pensamentos são para minha esposa e meus dois menininhos queridos que estão longe daqui no rio Cimarron. Não sei o que vai ser deles. Espero e rezo pra que as pessoas não tratem os dois com desprezo e forcem eles a se associar com más companhias por conta da desgraça que fiz cair sobre eles. Vocês veem o que me tornei por causa da bebida. Matei meu melhor amigo numa briga besta por causa dum canivete. Fiquei bêbado e podia perfeitamente ter matado meu irmão. Se eu tivesse recebido boas orientações quando era criança, hoje estaria com minha família e em paz com o próximo. Espero e rezo pra que todos os pais presentes, escutando o som da minha voz, criem seus filhos do modo como deve ser. Obrigado. Adeus pra todo mundo".

Ele estava às lágrimas e não tenho vergonha de admitir que eu também. O tal do Maledon cobriu a cabeça do sujeito com o capuz e foi até a alavanca. Yarnell enfiou a mão na minha cara, mas eu empurrei pro lado. Ia ver tudo. Sem mais delongas, o Maledon acionou o alçapão e as portas de dobradiças no meio se abriram e os três assassinos caíram pro juízo com um barulhão. Um som subiu entre o público como se as pessoas tivessem levado uma pancada. Os dois brancos não deram mais nenhum sinal de vida. Ficaram balançando devagar nas cordas esticadas, rangendo. O índio sacudiu as pernas e os braços pra cima e pra baixo em espasmos. Isso foi a parte ruim e muita gente na multidão fez meia-volta, de repulsa, e saiu rápido, e a gente foi junto.

Contaram pra gente que o pescoço do índio não tinha quebrado, como foi com os outros dois, e que ele ficou pendurado lá, sendo estrangulado por mais de meia hora até um médico decretar sua morte e mandar descer o corpo. Disseram que o índio tinha perdido peso na cadeia e estava leve demais pra uma execução apropriada. Depois disso fiquei sabendo que o juiz Isaac Parker assistia a todos os enforcamentos de uma janela no alto do Tribunal. Presumo que fizesse isso por um senso de dever. Não existe jeito de saber o que se passa no coração de um homem.

Talvez você possa imaginar como foi doloroso pra nós sair direto daquela cena horrível pra funerária, onde estava o corpo do meu pai. Mesmo assim, tinha que ser feito. Nunca fui de me esconder ou de dar pra trás quando uma tarefa desagradável aparece na minha frente. O agente funerário era um irlandês. Ele levou Yarnell e eu para uma sala nos fundos que era muito escura por causa das janelas pintadas de verde. O irlandês era educado e simpático, mas não gostei muito do caixão onde ele pôs o pai. O caixão estava apoiado em três banquinhos pequenos e era feito de pranchas de pinho não muito bem aparelhadas. Yarnell tirou o chapéu.

O irlandês disse, "Esse é o homem?". Ele segurou a vela perto do rosto. O corpo estava embrulhado numa mortalha branca.

Eu disse, "Esse é meu pai". Fiquei ali olhando pra ele. Que desperdício! Tom Chaney ia pagar por aquilo! Eu não ia sossegar enquanto aquele vagabundo da Louisiana não estivesse cozinhando e gritando no inferno!

O irlandês falou com aquele sotaque lá dele, "Se quiser beijar, não tem problema".

Eu disse, "Não, põe a tampa".

Fomos até o escritório do sujeito e eu assinei uns papéis do legista. O preço do caixão e do embalsamamento foi por volta de sessenta dólares. O preço do envio para Dardanelle foi $9,50.

Yarnell me levou pra fora do escritório. Disse, "Miss Mattie, aquele sujeito tá tentando passar a perna na senhorita".

Eu disse, "Bom, a gente não vai barganhar com ele".

Ele disse, "É com isso que ele tá contando".

Eu disse, "A gente vai deixar pra lá".

Paguei o dinheiro do irlandês e peguei um recibo. Disse a Yarnell pra ficar perto do caixão e ver se era carregado no trem com cuidado, e não manuseado de qualquer jeito por uns funcionários desleixados de ferrovia.

Fui para o escritório do xerife. O alto xerife era simpático e contou todos os detalhes do crime, mas fiquei decepcionada em descobrir como não fizeram quase nada para a detenção de Tom Chaney. Não tinham nem anotado o nome dele direito.

O xerife disse, "Até aí a gente sabe. Um homem baixo, mas parrudo. Tinha uma marca preta no rosto. O nome dele é Chambers. Anda agora lá pelo Território e a gente acha que se associou com o Lucky Ned Pepper, que roubou um carro do correio na terça-feira, pros lados do rio Poteau".

Eu falei, "Essa é a descrição do Tom Chaney. Não é Chambers coisa nenhuma. Ele ficou com aquela marca preta na Louisiana, quando um sujeito disparou uma pistola na cara dele e a pólvora entrou debaixo da pele. Pelo menos essa foi a história que ele contou. Eu conheço o homem e consigo identificar. Por que vocês não estão procurando ele?"

O xerife disse, "Eu não tenho autoridade na Nação Indígena. Ele agora é assunto federal, dos U.S. Marshals".

Eu disse, "E quando é que vão prender ele?"

Ele disse, "É difícil dizer. Primeiro precisa pegar".

Eu disse, "O senhor sabe se pelo menos tão atrás dele?"

Ele disse, "Estão, eu solicitei um mandado de fugitivo e espero que tenha um mandado federal em branco pra usar contra ele agora pelo roubo da correspondência. Vou informar os federais sobre o nome correto".

"Eu mesma informo", disse eu. "Qual é o melhor agente federal que eles têm?"

O xerife pensou a respeito por um minuto. Ele disse, "Eu teria que pesar com cuidado antes de afirmar. São quase duzentos. Acho que o William Waters é o melhor rastreador. É mestiço de comanche e taí uma coisa que dá gosto de ver, acompanhar ele no rastro duma pista. O mais destemperado de todos é o Rooster Cogburn. Um sujeito sem misericórdia, duro na queda, e medo não entra naquelas ideias. Muito chegado em puxar uma rolha. Agora, o L. T. Quinn, ele traz os prisioneiros com vida. Pode ser que faça alguns passarem por umas poucas e boas de vez em quando, mas tem a convicção de que até o pior sujeito tem direito a um trato justo. Além do mais, a lei não paga gratificação por morto. Quinn é um bom homem da lei e um pregador laico, também. Nunca vai plantar evidência ou maltratar prisioneiro. É mais direito que uma corda esticada. Isso, na minha opinião, o Quinn deve ser o melhor que eles têm".

Eu disse, "Onde posso encontrar esse tal de Rooster?"

Ele disse, "Você provavelmente vai encontrar ele no Tribunal Federal amanhã. Vão julgar aquele menino Wharton".

O xerife estava com o cinturão do pai ali numa gaveta e ele me deu pra levar dentro de um saco de açúcar. As roupas e os cobertores tinham ficado todos na pensão. O tal do Stonehill estava com os pôneis e a sela do pai lá na estrebaria. O xerife me escreveu um bilhete pra eu entregar pro Stonehill e pra senhoria da pensão, que era a sra. Floyd. Agradeci a ele pela ajuda. Ele disse que desejava poder fazer mais.

Eram mais ou menos 17h30 quando cheguei na estação. Os dias estavam cada vez mais curtos e já tinha escurecido. O trem pro sul ia partir alguns minutos depois das 6h. Encontrei Yarnell esperando na frente do vagão de carga pra onde ele tinha carregado o caixão. Ele disse que o agente do trem expresso tinha consentido em que fosse no vagão junto com o corpo.

Disse que ia me ajudar a encontrar um lugar num vagão de passageiros, mas eu disse, "Não, vou continuar aqui por um ou dois dias. Preciso ver o que fazer com aqueles pôneis e quero ter certeza de que a lei tá cuidando do caso. O Chaney se mandou e ao que parece não vão fazer grande coisa a respeito".

Yarnell disse, "A senhorita não pode ficar sozinha na cidade".

Eu disse, "Não tem problema. A mãe sabe que consigo cuidar de mim mesma. Diz pra ela que vou me hospedar na pensão Monarch. Se não tiver quarto lá, deixo um recado com o xerife dizendo onde eu estou".

Ele disse, "Acho que vou ficar também".

Eu disse, "Não, quero você com o pai. Quando chegar em casa, fala pro sr. Myers que eu disse pra pôr ele num caixão melhor".

"Sua mãe não vai gostar desse aqui", disse ele.

"Eu volto daqui a um dia ou dois. Fala pra ela que eu disse que não é pra assinar nada até eu chegar em casa. Você tem alguma coisa pra comer?"

"Tomei uma xícra de café quente. Num tô com fome."

"Eles têm fornalha nesse vagão?"

"Vou ficar bem, embrulhado no meu casaco."

"Sou grata mesmo por tudo, Yarnell."

"O sr. Frank sempre foi um homem muito bom comigo."

Algumas pessoas vão levar a mal e me criticar por não aparecer no enterro do meu pai. Minha resposta é a seguinte: eu tinha os negócios do meu pai pra cuidar. Ele foi enterrado em seu avental de maçom perto da loja de Danville.

Cheguei na Monarch a tempo de comer. A sra. Floyd disse que não tinha quarto vago por causa da grande multidão na cidade, mas que ela ia dar um jeito de me instalar. A diária do lugar era setenta e cinco centavos o pernoite com duas refeições e um dólar com três refeições. Ela não tinha uma tarifa pra uma refeição, então fui obrigada a dar pra ela setenta e cinco centavos mesmo eu tendo planejado comprar um pouco de queijo e bolachas na manhã seguinte pra comer durante o dia. Não sei qual era a tarifa semanal dela.

Tinha umas dez ou doze pessoas na mesa de jantar e todos homens, tirando eu e a sra. Floyd e a coitada da velha cega que chamavam de "Vó Turner". A sra. Floyd era uma tremenda de uma conversadeira. Ela explicou pra todo mundo que eu era filha do homem que tinha sido baleado na frente da casa dela. Não gostei disso. Ela falou sobre o caso em detalhes e fez umas perguntas impertinentes sobre minha família. Eu não tinha outra coisa a fazer senão responder educadamente. Não queria discutir o assunto no meio de estranhos curiosos e sem nada pra fazer, por mais bem-intencionados que pudessem ser.

Sentei em uma ponta da mesa entre ela e um homem alto, de costas muito eretas, com uma cabeça que mais parecia uma maçaneta e uma boca cheia de dentes proeminentes. Ele e a sra. Floyd foram os que mais falaram. Ele viajava por aí vendendo calculadoras portáteis. Era o único homem ali vestindo terno e gravata. Ele contou umas histórias interessantes sobre suas experiências, mas os outros prestaram pouca atenção nele, se ocupando dos seus pratos como porcos enfiando o focinho num balde.

"Cuidado aí com esse ensopado de frango com bolinho", ele falou pra mim.

Alguns homens pararam de comer.

"Faz mal pra vista", ele disse.

Um homem sujo do outro lado da mesa metido num casaco de camurça malcheiroso disse, "Como assim?"

Com uma piscadela marota o caixeiro-viajante respondeu, "Dói os olhos procurar o frango." Achei a piada engraçada, mas o homem sujo disse com raiva, "Seu filho da puta desmiolado", e voltou a comer. O viajante ficou quieto depois disso. Os bolinhos não estavam maus, mas não dava pra ver vinte e cinco centavos naquela miséria de farinha e gordura.

Depois da refeição alguns homens saíram pra ir até a cidade, provavelmente pra beber uísque nos bares e ouvir a viela de roda. O resto de nós foi pra sala da entrada. Os pensionistas cochilavam, liam jornais e conversavam sobre o enforcamento, e o viajante contou piadas de chineses. A sra. Floyd trouxe as coisas do pai que estavam embrulhadas no oleado, eu olhei uma por uma e fiz um inventário.

Parecia tudo lá, até a faca e o relógio. O relógio era de latão e não muito caro, mas fiquei surpresa de encontrar, porque a pessoa que não rouba coisas grandes normalmente rouba coisas pequenas assim. Continuei ali na sala de estar por mais um tempo escutando as conversas e depois perguntei à sra. Floyd se poderia me mostrar onde era a cama.

Ela disse, "Vai direto por esse corredor até o último quarto do lado esquerdo. Tem um balde d'água e uma tina na varanda dos fundos. A casinha é lá no fundo, bem atrás da árvore de cinamomo. Cê vai dormir junto com a Vó Turner".

Ela deve ter notado a contrariedade no meu rosto, porque acrescentou, "Não vai ter problema. A Vó Turner não liga. Tá acostumada a dividir a cama. Não vai nem saber que você tá lá, meu bem".

Já que eu estava pagando minha estadia, acreditava que meus desejos é que deviam ser levados em consideração, não os da Vó Turner, mas ao que parecia nem eu nem ela tínhamos qualquer voz naquilo.

A sra. Floyd continuou, dizendo, "A Vó Turner dorme que nem uma pedra. Com certeza é uma bênção, na idade dela. Não se preocupa em acordar ela, uma pulguinha igual a você".

Não me importava de dormir com a Vó Turner, mas achei que a sra. Floyd estava se aproveitando de mim. De qualquer jeito, não vi nenhum proveito em arranjar confusão àquela hora. Ela já estava com meu dinheiro e eu estava cansada e era muito tarde para procurar hospedagem em qualquer outro lugar.

O quarto era frio e escuro e cheirava a remédio. Uma corrente de inverno soprava através das fendas no assoalho. A Vó Turner se revelou mais ativa no sono do que eu tinha sido levada a crer. Quando deitei na cama, descobri que ela estava com todas as colchas do seu lado. Puxei elas pra mim. Rezei minhas orações e logo peguei no sono. Acordei e vi que a Vó Turner dera um jeitinho outra vez. Eu estava toda encolhida e tremendo de frio sem as cobertas. Puxei pra mim outra vez. Isso aconteceu de novo mais tarde no meio da noite e eu levantei, os pés congelados, e arrumei as mantas e o oleado do pai por cima de mim como cobertas improvisadas. Daí dormi bem.

A sra. Floyd não me serviu nada substancial no café da manhã, só mingau de farelo de milho e um ovo frito. Depois de comer, enfiei o relógio e a faca no bolso e peguei o saco de açúcar com a arma.

No Tribunal Federal fiquei sabendo que o chefe dos federais tinha ido pra Detroit, Michigan, entregar uns prisioneiros na "casa de correção", como eles chamavam. Um substituto que trabalhava na repartição disse que iriam atrás do Tom Chaney no devido tempo, mas que ele teria de esperar chegar sua vez. Ele me mostrou uma lista dos foras da lei indiciados que estavam soltos pelo Território Indígena e parecia a lista de devedores de imposto que publicavam no *Arkansas Gazette* todo ano em letrinha miúda. Não gostei do aspecto daquilo, nem fui muito com o jeito "sabidinho" do substituto. Ele se sentia todo inchado por causa do seu cargo. É de se esperar desse pessoal federal, e pra piorar aquela turma era republicana e não dava a mínima pra opinião do bom povo do Arkansas, onde são democratas.

Na sala do tribunal estavam compondo um júri. O meirinho na porta me disse que o tal Rooster Cogburn apareceria por lá mais tarde, quando o julgamento começasse, já que ele era a principal testemunha de acusação.

Fui até a estrebaria do Stonehill. Era uma bela cavalariça e atrás ficava um curral enorme e um bom número de cercadinhos pra alimentação. Os pôneis boiadeiros do negócio, mais ou menos trinta cabeças, de todas as cores, estavam no curral. Achei que seriam uns pigmeus arruinados, mas eram uns bichos alegres de olhos brilhantes, e a pelagem deles parecia bastante saudável, embora estivesse suja e embaraçada.

Provavelmente nunca tinham visto uma escova. As caudas deles tinham nós.

 Eu odiei esses pôneis por causa do papel que tiveram na morte do meu pai, mas agora eu me dava conta de que a ideia não tinha nexo, que era errado culpar aqueles animais lindos que não conheciam nem bem nem mal nenhum, só a inocência. Isso eu posso dizer sobre esses pôneis. Mas conheci alguns cavalos e um número bem maior de porcos que pra mim alimentavam alguma intenção ruim no coração. Vou ainda mais longe e afirmo que todos os gatos são malignos, mesmo que muitas vezes possam ser úteis. Quem nunca viu Satanás naquelas caras dissimuladas? Alguns pregadores vão dizer ora, isso é só "embromação" supersticiosa. Minha resposta é a seguinte: Pregador, vai até sua Bíblia e lê Lucas 8,26-33.

 Stonehill tinha um escritório em um canto da estrebaria. Na porta de vidro estava escrito, "Cel. G. Stonehill. Leiloeiro licenciado. Agente comercial de algodão". Ele estava lá atrás de sua mesa e tinha um fogão vermelho incandescente. Era um puritano calvo e usava óculos.

 Eu disse, "Quanto vocês tão pagando pelo algodão?"

 Ele ergueu o rosto na minha direção e disse, "Nove e meio pelo inferior e dez pelo comum".

 Eu disse, "A maior parte do nosso veio mais cedo e a gente vendeu pros Woodson Brothers em Little Rock por onze centavos".

 Ele disse, "Então sugiro que vocês levem o que sobrou pros Woodson Brothers".

 "A gente já vendeu tudo", eu disse. "Só recebemos dez e meio na última venda."

 "Por que veio aqui pra me contar isso?"

 "Pensei que a gente podia vender por aqui no ano que vem, mas acho que estamos fazendo um bom negócio em Little Rock." Mostrei para ele o bilhete do xerife. Depois que leu ele se mostrou menos propenso a ser tão seco comigo.

 Tirou os óculos e disse, "Foi uma coisa trágica. Devo dizer que seu pai me deixou bem impressionado por seu caráter e hombridade. Ele foi um negociante determinado, mas agiu com cavalheirismo. Meu vigia perdeu os dentes e só toma sopa, agora".

Eu disse, "Lamento saber disso".

Ele disse, "O assassino fugiu pro Território e anda à solta por lá".

"Foi o que fiquei sabendo."

"Vai encontrar um monte de gente do feitio dele por aquelas bandas", disse ele. "Tudo farinha do mesmo saco. O lugar é um antro do crime. Não passa um dia sem chegar alguma história nova de um fazendeiro intimidado, uma esposa ultrajada, um viajante incauto atacado e morto numa emboscada sanguinária. As artes civilizatórias do comércio não florescem por lá."

Eu disse, "Minha esperança é que os federais peguem ele logo. O nome dele é Tom Chaney. Trabalhou pra nós. Estou vendo se alguém toma providência. Tenho a intenção de ver o sujeito baleado ou enforcado".

"Certo, certo, a senhorita pode perfeitamente se dispor a esse intento", disse Stonehill. "Ao mesmo tempo, aconselho paciência. Os bravos federais fazem o melhor que podem, mas a quantidade deles é pequena. Os delinquentes são uma legião e vagueiam por uma terra vasta que oferece inúmeros esconderijos naturais. O agente federal percorre quase sem amigos e sozinho essa nação criminosa. Todas as mãos humanas se erguem contra ele, a não ser em grande parte a do índio, de quem tão cruelmente tiraram proveito os invasores criminosos vindos dos States."

Eu disse, "Eu queria vender de volta pro senhor esses pôneis que meu pai comprou".

Ele disse, "Receio que isso esteja fora de questão. Vou providenciar para que sejam embarcados para a senhorita na primeira oportunidade".

Eu disse, "A gente não quer mais os pôneis, agora. A gente não precisa deles".

"Isso dificilmente me diz respeito", ele disse. "Seu pai comprou esses pôneis e pagou por eles, e isso põe um ponto final no assunto. Estou aqui com a nota da venda. Se tivesse algum uso concebível para eles, eu podia considerar uma oferta, mas já perdi dinheiro neles e, pode ter certeza, não pretendo perder mais. Ficarei feliz em cuidar do envio para a senhorita. O popular vapor *Alice Waddell* parte amanhã para Little Rock. Vou fazer o possível pra acomodar a senhorita e o lote nele".

Eu disse, "Quero trezentos dólares pela montaria de sela do pai que foi roubada".

Ele disse, "A senhorita vai ter que apresentar esse pleito ao homem que tem o cavalo".

"Tom Chaney roubou a égua quando ela estava aos seus cuidados", disse eu. "O senhor é o responsável."

Stonehill deu risada ao ouvir isso. Ele disse, "Admiro seu brio mas creio que vai descobrir que não tem direito de me imputar tais pretensões. Permita-me dizer também que sua avaliação do cavalo é exagerada em cerca de duzentos dólares".

Eu disse, "Se tem alguma defasagem, o preço é baixo. Judy é uma ótima égua de corrida. Já ganhou páreo de vinte e cinco dólares na feira. Já vi ela pular uma cerca de oito troncos com um cavaleiro pesado em cima".

"Tudo muito interessante, estou certo", disse ele.

"Então não me oferece nada?"

"Nada além do que lhe pertence. Os pôneis são seus, pode levar. O cavalo do seu pai foi roubado por um criminoso assassino. Isso é lamentável, mas eu havia fornecido proteção razoável para o animal nos conformes do acordo implícito com o cliente. Devemos cada qual suportar nossos infortúnios. O meu é o de que perdi temporariamente os serviços de meu vigia."

"Vou levar isso perante a lei", disse eu.

"Faça como achar melhor", disse ele.

"Vamos ver se uma viúva e seus três filhos pequenos conseguem um tratamento justo nos tribunais desta cidade."

"A senhorita não tem nenhuma base legal."

"O dr. J. Noble Daggett de Dardanelle, Arkansas, pode pensar de outro modo. E também um júri."

"Onde está sua mãe?"

"Ela tá em casa em Yell County cuidando da minha irmã Victoria e do meu irmão Little Frank."

"Precisa ir buscá-la, então. Não me agrada tratar com crianças."

"Vai agradar menos ainda quando o dr. Daggett puser as mãos no senhor. Ele é um homem adulto."

"Você é uma impertinente."

"Não é minha intenção, senhor, mas ninguém vai pisar em cima de mim enquanto eu estiver no meu direito."

"Vou levar isso ao meu advogado."

"E eu vou levar pro meu. Vou mandar uma mensagem pra ele por telégrafo e ele vai estar aqui no trem da noite. Ele vai ganhar dinheiro e eu vou ganhar dinheiro e o advogado do senhor vai ganhar dinheiro e o senhor, Mister Leiloeiro Licenciado, vai pagar o pato."

"Não posso fazer acordo com uma criança. A senhorita não é responsável. Não pode dar fé de um contrato."

"O dr. Daggett vai amparar qualquer decisão que eu tomar. Quanto a isso, o senhor pode ficar sossegado. O senhor pode confirmar qualquer acordo por telégrafo."

"Isso é um maldito transtorno!", ele exclamou. "Como vou cuidar dos meus negócios? Tenho uma venda pra fechar amanhã."

"Não vai ter nenhum acordo depois que eu sair deste escritório", disse eu. "A coisa vai pra justiça."

Ele ficou mexendo nos óculos por um minuto e depois disse, "Vou pagar duzentos dólares pelo espólio do seu pai quando tiver em minha mão uma carta de seu advogado me absolvendo de toda imputabilidade do início do mundo até a presente data. Precisa estar assinada pelo seu advogado e por sua mãe, e registrada no tabelião. O oferecimento é mais do que generoso e só faço isso para evitar a possibilidade de um litígio desagradável. Eu nunca devia ter vindo pra cá. Bem que me disseram que essa cidade ia ser a Pittsburgh do Sudoeste".

Eu disse, "Vou aceitar duzentos dólares pela Judy, mais cem dólares pelos pôneis e vinte e cinco dólares pelo cavalo cinza que o Tom Chaney deixou. Ele vale fácil quarenta dólares. Isso dá trezentos e vinte e cinco dólares no total".

"Os pôneis não têm coisa alguma a ver com isso", disse ele. "Eu não vou comprar."

"Então eu fico com os pôneis e o preço pela Judy vai ser trezentos e vinte e cinco dólares."

Stonehill bufou de desprezo. "Não vou pagar trezentos e vinte e cinco dólares nem pelo Pégaso alado, e aquele perna-torta pardacento nem era de vocês."

Eu disse, "Era sim, como não? O pai só deixou que o Tom Chaney fizesse uso dele."

"Minha paciência tem limite. Que criança mais abominável é você. Vou pagar duzentos e vinte e cinco dólares e ficar com o cavalo cinza. Os pôneis eu não quero."

"Assim não tem acordo."

"Essa é minha última oferta. Duzentos e cinquenta dólares. Com isso recebo a quitação e fico com a sela do seu pai. Também estou desconsiderando a alimentação e os encargos de abrigar na estrebaria. O cavalo cinza não é seu pra você vender."

"A sela não tá à venda. Vou ficar com ela. O doutor Daggett pode provar a posse do cavalo cinza. Ele vai vir atrás do senhor com uma ação reivindicatória."

"Certo, certo, agora me escuta muito bem, porque não vou negociar mais. Pego os pôneis de volta e fico com o cavalo cinza e fecho o acordo em trezentos dólares. Agora, é pegar ou largar, e pra mim tanto faz o que você vai escolher."

Eu disse: "Tenho certeza de que o dr. Daggett não ia querer que eu considerasse nada abaixo de trezentos e vinte e cinco dólares. O que fica com o senhor em troca disso é tudo, exceto a sela, e o senhor se livra ainda das custas de um processo pesado. A coisa vai ser mais dura se o dr. Daggett impuser as condições, já que ele ia incluir um honorário generoso pra ele mesmo."

"Dr. Daggett! Dr. Daggett! Quem é esse famoso defensor de cujo nome eu era alegremente ignorante dez minutos atrás?"

Eu disse: "O senhor já ouviu falar da Great Arkansas River, Vicksburg & Gulf Steamship Company?"

"Eu já fiz negócios com a G.A.V.&G.", disse ele.

"O dr. Daggett é o homem que forçou a liquidação da empresa", disse eu. "Tentaram 'mexer' com ele. Foi uma grande vitória. Ele desfruta de relações amistosas com homens importantes em Little Rock. Dizem que vai ser governador um dia."

"Então é um homem de pouca ambição", disse Stonehill, "incompatível com sua capacidade para o abuso. Eu preferia ser um capataz de estradas no interior do Tennessee do que governador desse estado incivilizado. É mais honrado."

"Se o senhor não gosta daqui, devia embrulhar suas coisas e voltar pro lugar de onde veio."

"Quem dera eu pudesse sair desse inferno!", disse ele. "Eu ia estar a bordo do paquete na sexta de manhã com uma canção de ação de graças nos meus lábios."

"Quem não gosta do Arkansas pode ir pro diabo!", disse eu. "O que o senhor veio fazer aqui?"

"Me venderam gato por lebre."

"Trezentos e vinte e cinco dólares é meu preço."

"Vou querer isso por escrito de um jeito ou de outro." Ele redigiu um breve acordo. Eu li e fiz uma alteração ou duas e ele rubricou as mudanças. Ele disse, "Diz pro seu advogado mandar o documento pra mim aqui no Stonehill's Livery Stable. Quando estiver com ele na mão, eu envio o dinheiro da extorsão. Assina isso".

Eu disse, "Vou mandar ele enviar o documento pra mim na pensão Monarch. Quando o senhor me der o dinheiro, eu dou o documento. Vou assinar este instrumento quando o senhor me der vinte e cinco dólares como sinal de sua boa-fé". Stonehill me deu dez dólares e eu assinei o papel.

Fui até o posto do telégrafo. Tentei manter a mensagem curta, mas levou quase uma folha inteira pra explicar a situação e o que era necessário. Falei para o dr. Daggett informar à mãe que eu estava bem e que logo ia estar em casa. Esqueci quanto custou.

Comprei uns biscoitos, uma fatia de queijo *hoop* e uma maçã numa mercearia e sentei num barril de pregos perto do fogão e fiz uma refeição simples mas nutritiva. Vocês sabem como é: "O suficiente é tão bom quanto um banquete". Quando terminei de comer, voltei pro lugar do Stonehill e tentei dar o miolo roído da maçã pra um dos pôneis. Todos eles se afastaram e não queriam nada comigo ou meu presente. As pobres criaturas provavelmente nunca tinham provado uma maçã. Entrei na estrebaria pra fugir do vento e me deitei sobre umas sacas de aveia. A natureza manda a gente repousar depois das refeições e as pessoas que estão ocupadas demais pra prestar atenção nessa voz interior geralmente estão mortas com a idade de cinquenta anos.

Stonehill se aproximou quando saía, usando um chapéu um pouco bobo do Tennessee. Ele parou e olhou pra mim.

Eu disse, "Estou tirando um cochilinho".

Ele disse, "Está bem confortável?"

Eu disse, "Queria fugir do vento. Imaginei que não ia se importar".

"Não quero ninguém fumando cigarro por aqui."

"Eu não uso tabaco."

"Não quero ver você abrindo buracos nessas sacas com suas botas."

"Vou tomar cuidado. Fecha aquela porta bem direitinho quando sair."

Eu não tinha me dado conta de como estava cansada. A tarde já ia bem avançada quando acordei. Eu estava dolorida e meu nariz começara a escorrer, sinal certo de um resfriado a caminho. A pessoa precisa sempre se cobrir quando estiver dormindo. Bati a poeira da roupa e lavei o rosto debaixo duma bomba, depois apanhei meu saco com a arma e me apressei rumo ao Tribunal Federal.

Quando cheguei, vi que uma nova multidão havia se juntado, embora não tão grande quanto a do dia anterior. Meu pensamento foi o seguinte: *E essa agora? Vai dizer que tá acontecendo outro enforcamento?!* Não estava. O que atraíra o povaréu dessa vez era a chegada de dois vagões de prisioneiros do Território.

    Os federais estavam desembarcando os prisioneiros e cutucando eles com força com os rifles de repetição Winchester. Os homens estavam acorrentados juntos como peixes numa fieira. A maioria eram homens brancos, mas tinha também alguns índios, mestiços e negros. Era uma coisa horrível de se ver, mas a gente precisa lembrar que aquelas bestas acorrentadas eram assassinos, ladrões, assaltantes de trem, bígamos, falsificadores, alguns dos piores facínoras do mundo. Eles tinham enveredado pela "trilha da coruja" e provado os frutos do mal; agora a justiça os alcançara e cobrava seu preço. A gente paga por tudo nesse mundo, de um jeito ou de outro. Nada é de graça, tirando a graça de Deus. E isso não dá pra merecer ou ganhar.

    Os prisioneiros que já estavam na cadeia, que ficava no porão do tribunal, começaram a gritar e assobiar através das janelinhas com barras para os novos prisioneiros, dizendo "Carne nova!" e coisas assim. Alguns deles usaram expressões muito feias, de modo que as mulheres na multidão viravam a cabeça. Pus os dedos nos ouvidos, andei no meio das pessoas, subi os degraus do tribunal e entrei.

    O meirinho na porta não queria me deixar entrar na sala do julgamento, já que eu era uma criança, mas eu disse a ele que tinha umas coisas a tratar com o agente federal Cogburn e não arredei pé. Ele viu que eu não tinha medo e cedeu logo, não querendo que eu causasse uma agitação. Fez eu ficar de pé bem do lado dele junto à porta, mas por mim tudo bem, porque não tinha nenhum lugar vago, de qualquer jeito. As pessoas estavam sentando até nos peitoris das janelas.

    Vocês podem achar estranho, mas eu mal ouvira falar no juiz Isaac Parker nessa época, um homem famoso como ele. Eu estava perfeitamente por dentro do que acontecia na minha parte do mundo e provavelmente escutara alguma menção a ele e seu tribunal, mas a coisa não devia ter me marcado muito. Claro que a gente morava no distrito dele, mas tínhamos nossos próprios circuitos de tribunais para lidar com assassinos e ladrões. Praticamente os únicos foras da lei na nossa região que foram parar no Tribunal Federal eram fabricantes clandestinos de bebida, como o velho Jerry Vick e seus rapazes. A maioria dos sujeitos do juiz Parker vinha do Território Indígena, que era um refúgio para pistoleiros de todos os pontos do mapa.

Agora vou contar uma coisa interessante. Por um longo tempo nunca houve apelação contra as decisões de seu tribunal, a não ser para o presidente dos Estados Unidos. Mais tarde mudaram isso, e quando a Suprema Corte começou a revogar suas sentenças, o juiz Parker ficou irritado. Disse que aquele pessoal em Washington não compreendia as condições infames no Território. Chamou o advogado geral Whitney, que deveria estar do lado do juiz, de "corretor de absolvições" e disse que ele entendia tanto de direito criminal quanto dos hieróglifos da Grande Pirâmide. Bom, da parte deles, as pessoas por lá disseram que o juiz era rígido demais, arrogante e que se demorava demais em suas acusações perante o júri, e chamavam seu tribunal de "matadouro Parker". Não sei dizer quem estava com a razão. Sei que sessenta e cinco de seus federais foram assassinados. Eles tinham de lidar com uns sujeitos pra lá de barras-pesadas.

O juiz era um homem alto, grande, com olhos azuis e uma barbicha de bode marrom e pra mim parecia velho, embora só tivesse uns quarenta anos de idade nessa época. Seus modos eram graves. Em seu leito de morte ele mandou chamar um padre e se converteu ao catolicismo. Era a religião de sua esposa. Isso era assunto só dele e não é da minha conta. Se a pessoa sentenciou à morte cento e sessenta homens e assistiu a uns oitenta deles balançando na ponta da corda, então pode ser que no último minuto sinta necessidade de um remédio mais forte do que o que os metodistas podem fornecer. É algo pra se pensar a respeito. Perto do fim, ele disse que não condenou à forca todos aqueles homens, que a justiça fez isso. Quando morreu de hidropisia em 1896, todos os prisioneiros ali embaixo naquela cadeia escura fizeram uma "festa de comemoração" e os carcereiros tiveram de controlar a coisa.

Tenho um recorte de jornal de uma parte daquele julgamento do Wharton e não é uma transcrição oficial, mas bastante fidedigna. Usei isso e minhas memórias para escrever um bom artigo histórico que intitulei "Você vai ouvir agora a sentença da lei, Odus Wharton, que é a de que seja pendurado pelo pescoço até estar morto, absolutamente morto! Que Deus, cujas leis você violou e perante cujo temível tribunal sua pessoa deve comparecer, tenha piedade de sua alma. Sendo essa uma memória pessoal de Isaac C. Parker, o famoso Juiz da Fronteira."

Mas as revistas de hoje não sabem reconhecer uma boa história quando veem uma. Elas preferem imprimir lixo. Dizem que meu artigo é longo e "discursivo" demais. Nada é longo demais ou curto demais se a pessoa tem uma coisa autêntica e interessante pra contar e tem o que eu chamo de estilo de escrita "pitoresco", combinado a fins educativos. Eu não perco tempo com jornais. Eles vivem atrás de mim pra fazer reportagens históricas, mas quando a conversa vai pro lado financeiro, os editores são quase todos uns "unhas de fome". Acham que porque eu tenho algum dinheiro vou ficar feliz de preencher as colunas dominicais só pra ver meu nome impresso como Lucille Biggers Langford e Florence Mabry Whiteside. Como diz o menininho de cor, *"Not none of me!"* — "Eu é que não!" Lucille e Florence podem fazer como bem entenderem. Os editores de jornais são mestres em colher o que não plantaram. Outro joguinho que eles fazem é mandar repórteres pra conversar com a pessoa e conseguir a matéria de graça. Sei que os jovens repórteres não ganham bem e eu não ia me incomodar de dar uma mãozinha pros rapazes conseguirem seus "furos", se ao menos uma vez eles não deturpassem as coisas.

Quando entrei na sala do tribunal, havia um indiozinho creek no banco das testemunhas, e ele estava falando sua própria língua enquanto outro índio interpretava para ele. Foi um troço moroso. Fiquei ali por quase uma hora antes de chamarem Rooster Cogburn para depor.

Eu adivinhara errado sobre quem ele era, escolhendo um sujeito mais jovem e menor, com um distintivo na camisa, e fiquei surpresa quando um velho rústico e caolho constituído nos moldes de Grover Cleveland se levantou e fez o juramento. Eu disse "velho". Ele tinha uns quarenta anos de idade. As tábuas do assoalho gemeram sob seu peso. Ele usava um terno preto empoeirado e, quando sentou, vi o distintivo em seu colete. Era um pequeno círculo prateado com uma estrela no meio. O bigode dele também era no estilo do presidente Cleveland.

Algumas pessoas vão dizer, bom, havia mais homens no país nessa época parecidos com Cleveland do que não. Mesmo assim, é com quem ele se parecia. O próprio Cleveland fora um xerife. Ele trouxe um bocado de sofrimento para a nação no Pânico de 93, mas não me envergonho de afirmar que minha família apoiou ele e continuou fechada com os democratas sem titubear até hoje, incluindo o governador Alfred Smith, e não só por causa do Joe Robinson. O pai costumava dizer que os únicos amigos que ele tinha por aqui logo depois da guerra eram os democratas irlandeses em Nova York. Thad Stevens e a turma republicana teriam matado todos nós de fome, se pudessem. Está tudo nos livros de história. Agora me deixem apresentar Rooster por meio da transcrição e trazer minha história "de volta aos trilhos".

  SR. BARLOW: Diga seu nome e ocupação, por favor.
  SR. COGBURN: Reuben J. Cogburn. Sou agente federal do Tribunal Distrital dos Estados Unidos, do Distrito Ocidental do Arkansas, com jurisdição criminal pelo Território Indígena.
  SR. BARLOW: Há quanto tempo o senhor ocupa esse cargo?
  SR. COGBURN: Vai fazer quatro anos em março.
  SR. BARLOW: No dia 2 de novembro o senhor estava no desempenho de seus deveres oficiais?
  SR. COGBURN: Estava sim, senhor.
  SR. BARLOW: Aconteceu alguma coisa fora do comum, nesse dia?
  SR. COGBURN: Sim, senhor.

SR. BARLOW: Por favor, descreva com suas próprias palavras que acontecimento foi esse.

SR. COGBURN: Sim, senhor. Bom, não muito depois do jantar nesse dia a gente rumava de volta pra Fort Smith, vindo da Nação Creek, uns seis quilômetros a oeste de Webbers Falls.

SR. BARLOW: Um momento. Quem estava com o senhor?

SR. COGBURN: Tinha mais quatro federais comigo. A gente estava com um carroção de prisioneiros e voltando pra Fort Smith. Sete prisioneiros. Cerca de seis quilômetros a oeste de Webbers Falls esse garoto creek chamado Will veio num galope doido atrás da gente. Tinha uma coisa pra contar. Ele disse que de manhã tava levando uns ovos pro Tom Spotted-Gourd e sua esposa no lugar onde eles moram, perto do rio Canadian. Quando chegou lá, encontrou a mulher caída no terreno com a parte de trás da cabeça estourada com um tiro e o velho do lado de dentro, no assoalho, com um ferimento de espingarda no peito.

SR. GOUDY: Protesto.

JUIZ PARKER: Restrinja seu testemunho apenas ao que o senhor viu, sr. Cogburn.

SR. COGBURN: Sim, senhor. Bem, o agente federal Potter e eu fomos pra casa dos Spotted-Gourd, deixando os prisioneiros pra trás. O agente federal Schmidt seguiu com o carroção. Quando chegamos no lugar, vimos tudo conforme o menino Will havia explicado. A mulher tava caída no chão do lado de fora com varejeiras na cabeça e o velho lá dentro com o peito varado por uma espingarda de caça e os pés queimados. Ele continuava vivo, mas não tinha chance. O ar entrava e saía com um assobio do buraco cheio de sangue. Ele disse que lá pelas quatro da manhã os dois rapazes Wharton apareceram bêbados...

sr. goudy: Protesto.

sr. barlow: Isso é a declaração de um moribundo, Excelência.

juiz parker: Negado. Prossiga, sr. Cogburn.

sr. cogburn: Ele disse que os dois rapazes Wharton, de nome Odus e C. C., apareceram por lá bêbados e foram pra cima dele com uma espingarda de cano duplo e disseram, "Diz pra gente onde tá seu dinheiro, velho". Ele não falou e eles acenderam uns nós de pinho e puseram perto do pé dele e daí ele contou pra eles que tava dentro de um pote de frutas debaixo de uma pedra cinza num canto da casa de defumação. Disse que tinha mais de quatrocentos dólares em notas, ali. Disse que a mulher dele ficou chorando desesperada o tempo todo e implorando misericórdia. Disse que ela saiu pela porta e Odus correu até a porta e atirou nela. Disse que quando ele se levantou do chão onde ele tava caído Odus virou e atirou nele. Então eles foram embora.

sr. barlow: O que aconteceu em seguida?

sr. cogburn: Ele morreu na nossa frente. Faleceu em considerável sofrimento.

sr. barlow: O senhor Spotted-Gourd, está dizendo.

sr. cogburn: Sim, senhor.

sr. barlow: O que o senhor e o agente Potter fizeram então?

sr. cogburn: Fomos até a casa de defumação e a pedra tinha sido removida e o pote sumido.

sr. goudy: Protesto.

juiz parker: A testemunha deve guardar suas especulações para si mesma.

sr. barlow: O senhor encontrou uma pedra cinza achatada no canto da casa de defumação com um espaço oco embaixo dela?

sr. goudy: Se o promotor pretende fornecer evidência, sugiro que faça o juramento.

juiz parker: Sr. Barlow, isso não é uma inquirição apropriada.

sr. barlow: Lamento, Excelência. Agente Cogburn, o que o senhor encontrou, se é que encontrou alguma coisa, no canto da casa de defumação?

sr. cogburn: Encontramos uma pedra cinza com um buraco cavado bem ao lado.

sr. barlow: O que havia no buraco?

sr. cogburn: Nada. Nem pote nem nada.

sr. barlow: O que o senhor fez em seguida?

sr. cogburn: Esperamos chegar o carroção de prisioneiros. Quando chegou, tivemos uma conversa sobre quem iria atrás dos Wharton. Potter e eu já tínhamos lidado com eles antes, então fomos nós dois. Eram umas duas horas de cavalgada pra chegar perto de onde o North Fork deságua no Canadian, num braço que vira o Canadian. A gente chegou lá não muito antes do pôr do sol.

sr. barlow: E o que os senhores descobriram?

sr. cogburn: Eu tava com minha luneta e vimos os dois rapazes e seu velho pai, de nome Aaron Wharton, lá embaixo na margem do regato com alguns porcos, cinco ou seis porcos. Eles tinham matado um leitão e tavam estripando ele. Eles tinham prendido o leitão num galho e feito um fogo com uma vasilha em cima pra ferver água. Amarramos os cavalos uns trezentos metros rio abaixo e continuamos a pé através dos arbustos, pra poder pegar os três de surpresa. Quando a gente apareceu, falei pro velho, Aaron Wharton, que a gente era dos federais e precisava conversar com os rapazes dele. Ele apanhou um machado e começou a xingar a gente e a praguejar contra este tribunal.

sr. barlow: O que os senhores fizeram?

sr. cogburn: Comecei a recuar por causa do machado e tentei convencer o homem a ser razoável. Enquanto isso, C. C. Wharton apareceu por trás da vasilha com água e todo aquele vapor e pegou uma espingarda que tava encostada numa tora. Potter viu ele mas foi tarde demais. Antes que desse pra armar o tiro, C. C. Wharton acertou ele com um dos canos e depois virou pra fazer o mesmo comigo com o outro. Atirei nele e, quando o velho girou o machado, atirei nele. Odus correu pro regato e atirei nele. Aaron Wharton e C. C. Wharton tavam mortos quando caíram no chão. Odus Wharton só ficou ferido.

SR. BARLOW: Depois o que aconteceu?

SR. COGBURN: Bom, terminou tudo. Arrastei Odus Wharton pra perto de um carvalho e algemei os braços e as pernas dele em volta do tronco, com ele sentado. Fui cuidar do ferimento do Potter com meu lenço do melhor jeito que dava. Ele tava muito mal. Fui até a cabana e a mulher squaw do Aaron Wharton tava lá, mas não abriu a boca. Dei uma busca no lugar e achei um pote embaixo de um punhado de madeira pro fogão que tinha umas cédulas dentro, na importância de quatrocentos e vinte dólares.

SR. BARLOW: O que aconteceu com o agente Potter?

SR. COGBURN: Ele morreu nessa cidade seis dias depois, de febre séptica. Deixa esposa e seis bebês.

SR. GOUDY: Protesto.

JUIZ PARKER: Omita o comentário.

SR. BARLOW: O que aconteceu com Odus Wharton?

SR. COGBURN: Tá bem ali.

SR. BARLOW: Sua testemunha, senhor Goudy.

SR. GOUDY: Obrigado, senhor Barlow. Há quanto tempo o senhor afirma ser agente federal, senhor Cogburn?

SR. COGBURN: Já vão quatro anos.

SR. GOUDY: Quantos homens o senhor matou nesse período?

SR. BARLOW: Protesto.

SR. GOUDY: Há mais coisas nisso do que apenas o tiroteio, Excelência. Estou tentando estabelecer a parcialidade da testemunha.

JUIZ PARKER: Protesto negado.

SR. GOUDY: Quantos, senhor Cogburn?

SR. COGBURN: Nunca atirei em ninguém em quem não precisasse.

SR. GOUDY: Não foi essa a pergunta. Quantos?

SR. COGBURN: Baleados ou mortos?

SR. GOUDY: Vamos nos restringir a "mortos", de modo a manter um número manejável. Quantas pessoas o senhor matou desde que se tornou um agente federal a serviço dessa corte?

SR. COGBURN: Cerca de doze ou quinze, detendo homens em fuga e me defendendo.

SR. GOUDY: Cerca de doze ou quinze. Tantos que o senhor não consegue manter uma contagem precisa. Lembre-se de que está sob juramento. Examinei os registros e um número mais exato se encontra prontamente disponível. Vamos lá, quantos?

SR. COGBURN: Acho que com os dois Wharton são vinte e três.

SR. GOUDY: Eu tinha certeza de que a lembrança viria ao senhor com um pouquinho de esforço. Agora, vejamos. Vinte e três mortos em quatro anos. Isso dá cerca de seis homens por ano.

SR. COGBURN: É um trabalho de risco.

SR. GOUDY: Assim parece. E no entanto bem mais arriscado para os infelizes indivíduos que são presos pelo senhor. Quantos membros dessa única família, a família Wharton, o senhor matou?

SR. BARLOW: Excelência, acho que o doutor precisa ser advertido de que o agente não é réu na presente ação.

SR. GOUDY: Excelência, meu cliente e seus falecidos pai e irmão foram instigados a uma troca de tiros por esse sujeito Cogburn. Na primavera passada ele atirou e matou o filho mais velho de Aaron Wharton e no dia 2 de novembro aproveitou de bom grado a oportunidade de massacrar o restante da família. Isso é o que vou provar. Esse assassino Cogburn vem sendo há muito tempo acobertado pela autoridade de um tribunal honrado. O único modo de provar a inocência de meu cliente é trazendo à tona os fatos desses dois tiroteios relacionados, junto com uma revisão minuciosa dos métodos de Cogburn. Todos os demais implicados, incluindo o agente Potter, estão convenientemente mortos...

JUIZ PARKER: Já basta, sr. Goudy. Contenha-se. Vamos ouvir sua argumentação mais tarde. A defesa terá toda liberdade. Não acho que o uso indiscriminado de palavras como "massacre" e "assassino" contribuam para nos aproximar mais da verdade. Peço que siga com sua inquirição.

SR. GOUDY: Obrigado, Excelência. Senhor Cogburn, o senhor conheceu o falecido Dub Wharton, irmão do réu, Odus Wharton?

SR. COGBURN: Tive que atirar nele em defesa própria, em abril, no distrito Going Snake, da Nação Cherokee.

SR. GOUDY: Como se deu o episódio?

SR. COGBURN: Eu tava no cumprimento de um mandado contra ele por vender destilado pros cherokees. Não era o primeiro. Ele se aproximou de mim com um pino de varal de carroça e disse, "Rooster, vou furar esse outro olho seu". Eu me defendi.

SR. GOUDY: Ele não estava armado com outra coisa além de um pino de ferro de carroça?

SR. COGBURN: Não sei dizer o que mais ele tinha. Vi que tinha isso. Já vi mais de um homem ficar gravemente ferido com coisa menor até que um pino de varal.

SR. GOUDY: O senhor estava armado?

SR. COGBURN: Sim, senhor. Tinha minha arma.
SR. GOUDY: Que tipo de arma?
SR. COGBURN: Um revólver Colt quarenta e quatro.
SR. GOUDY: Não é verdade que o senhor caminhou até ele na calada da noite com esse revólver na mão e não fez qualquer advertência?
SR. COGBURN: Eu tinha sacado, sim, senhor.
SR. GOUDY: A arma estava carregada e engatilhada?
SR. COGBURN: Sim, senhor.
SR. GOUDY: O senhor a segurava às costas, ou a ocultava de algum modo?
SR. COGBURN: Não, senhor.
SR. GOUDY: Está dizendo que Dub Wharton avançou contra a boca de um revólver engatilhado sem outra coisa na mão além de um mísero pedaço de ferro?
SR. COGBURN: Foi desse jeito que foi.
SR. GOUDY: É deveras estranho. Ora, não é verdade que no dia 2 de novembro o senhor apareceu diante de Aaron Wharton e seus dois filhos numa postura igualmente ameaçadora, o que equivale a dizer que o senhor deixou seu esconderijo e os pegou de surpresa com esse mesmo revólver mortífero de seis tiros na mão?
SR. COGBURN: Sempre procuro estar de prontidão.
SR. GOUDY: A arma estava sacada e pronta em sua mão?
SR. COGBURN: Sim, senhor.
SR. GOUDY: Carregada e engatilhada?
SR. COGBURN: Se não tiver carregada e engatilhada, não atira.
SR. GOUDY: Apenas responda minhas perguntas, por favor.
SR. COGBURN: Essa última não tem cabimento.
JUIZ PARKER: Nada de bater boca com o advogado, sr. Cogburn.
SR. COGBURN: Sim, senhor.
SR. GOUDY: Senhor Cogburn, gostaria agora que voltasse sua atenção outra vez para a cena na margem

do regato. Está quase escurecendo. O sr. Aaron Wharton e seus dois filhos restantes estão cuidando de seus negócios legítimos, a salvo em sua propriedade. Estão trinchando um porco para desfrutar de um pouco de carne em sua mesa...

SR. COGBURN: Aqueles porcos eram roubados. A fazenda pertence à squaw Wharton, Minnie Wharton.

SR. GOUDY: Excelência, pode instruir a testemunha a manter o silêncio até que lhe seja feita uma pergunta?

JUIZ PARKER: Posso e vou instruir o senhor a começar a fazer perguntas, de modo que ele possa fornecer as respostas.

SR. GOUDY: Lamento, Excelência. Tudo bem. O sr. Wharton e seus filhos estão na margem do regato. De repente, do meio do mato, surgem dois homens com os revólveres apontados...

SR. BARLOW: Protesto.

JUIZ PARKER: O protesto é procedente. Sr. Goudy, tenho mostrado extrema indulgência até aqui. Vou permitir que prossiga com essa linha de questionamento, mas devo insistir que a inquirição tome a forma de perguntas e respostas, não de solilóquios dramáticos. E vou adverti-lo de que acho bom que isso leve a alguma coisa sólida, e logo.

SR. GOUDY: Obrigado, Excelência. Peço que o tribunal me conceda a atenção por mais algum tempo. Meu cliente expressou seus temores quanto à severidade deste tribunal, mas eu o tranquilizei de que nenhum homem nesta nossa nobre República preza a verdade, a justiça, a clemência mais do que o juiz Isaac Parker...

JUIZ PARKER: O senhor está passando dos limites, sr. Goudy.

SR. GOUDY: Sim, senhor. Tudo bem. Vejamos. Sr. Cogburn, quando o senhor e o agente Potter pularam de trás da moita, qual foi a reação de Aaron Wharton ao ver os dois?

SR. COGBURN: Ele apanhou um machado e começou a praguejar contra a gente.

SR. GOUDY: Um reflexo instintivo contra um perigo súbito. Não acha que foi essa a natureza do gesto?

SR. COGBURN: Não entendo o que isso quer dizer.

SR. GOUDY: O senhor mesmo não teria agido dessa forma?

SR. COGBURN: Se fosse eu e o Potter debaixo da mira, eu ia fazer o que me mandassem.

SR. GOUDY: Certo, exatamente, o senhor e Potter. Podemos concordar que os Wharton corriam risco de vida. Muito bem. Vamos voltar a uma cena ainda mais remota, na casa de Spotted-Gourd, perto do carroção. Quem estava cuidando daquele carroção?

SR. COGBURN: O agente federal Schmidt.

SR. GOUDY: Ele não queria que o senhor fosse para a casa dos Wharton, queria?

SR. COGBURN: A gente conversou um pouco sobre isso e concordou que era melhor irmos eu e o Potter.

SR. GOUDY: Mas no início ele não queria que o senhor fosse, queria, sabendo que existia uma rixa entre o senhor e os Wharton?

SR. COGBURN: Ele devia querer que eu fosse, ou então não teria mandado eu ir.

SR. GOUDY: O senhor precisou persuadir ele, não foi?

SR. COGBURN: Eu conhecia os Wharton e receava que alguém fosse morto num confronto com eles.

SR. GOUDY: Do jeito como foi, quantos morreram?

SR. COGBURN: Três. Mas os Wharton não escaparam. Podia ter sido pior.

SR. GOUDY: Certo, o senhor também podia ter morrido.

SR. COGBURN: O senhor não pegou o que eu disse. Três ladrões assassinos podiam ter ficado soltos e depois matado mais alguém. Mas o senhor tem razão de que eu também podia ter sido morto. Chegou muito perto disso e pra mim não é coisa de se levar na brincadeira.

sr. goudy: Para mim tampouco. O senhor definitivamente é um sobrevivente da natureza, sr. Cogburn, e não faço pouco de seus talentos. Creio que o senhor testemunhou ter recuado de Aaron Wharton.

sr. cogburn: Isso mesmo.

sr. goudy: O senhor recuava para se afastar?

sr. cogburn: Sim, senhor. Ele tava com o machado levantado.

sr. goudy: Em que direção o senhor ia?

sr. cogburn: Eu sempre vou pra trás quando estou recuando.

sr. goudy: Aprecio o humor do comentário. Aaron Wharton estava de pé junto à vasilha quando o senhor chegou?

sr. cogburn: Estava mais pra agachado. Ele tava atiçando o fogo debaixo da vasilha.

sr. goudy: E onde estava o machado?

sr. cogburn: Bem ali ao alcance da mão.

sr. goudy: Bem, o senhor afirmou que tinha um revólver engatilhado claramente visível em sua mão e mesmo assim ele agarrou aquele machado e avançou contra o senhor, mais ou menos do modo como Dub Wharton fizera com aquele prego ou papel enrolado ou fosse lá o que tivesse na mão?

sr. cogburn: Sim, senhor. Começou a praguejar e fazer ameaça.

sr. goudy: E o senhor estava recuando? Estava se afastando na direção contrária da vasilha?

sr. cogburn: Sim, senhor.

sr. goudy: Quanto o senhor recuou antes do começo dos tiros?

sr. cogburn: Uns sete ou oito passos.

sr. goudy: Isso significa que Aaron Wharton avançou contra o senhor mais ou menos a mesma distância, uns sete ou oito passos?

sr. cogburn: Qualquer coisa por aí.

sr. goudy: Que distância seria isso? Uns cinco metros?

sr. cogburn: Qualquer coisa por aí.

sr. goudy: O senhor pode explicar para o júri por que o corpo dele foi encontrado bem ao lado da vasilha, com um braço no fogo, a manga e a mão queimando?

sr. cogburn: Acho que não era lá que ele tava.

sr. goudy: O senhor moveu o corpo depois que o baleou?

sr. cogburn: Não, senhor.

sr. goudy: O senhor não arrastou o corpo dele de volta para o fogo?

sr. cogburn: Não, senhor. Acho que não era lá que ele tava.

sr. goudy: Duas testemunhas que chegaram à cena momentos após o tiroteio vão testemunhar quanto à localização do corpo. O senhor não se lembra de ter removido o corpo?

sr. cogburn: Se isso era o lugar onde ele tava, eu podia ter removido ele. Não lembro disso.

sr. goudy: Por que o senhor colocou a parte superior do corpo dele no fogo?

sr. cogburn: Bom, eu não fiz isso.

sr. goudy: Então o senhor não o tirou do lugar e ele não estava avançando para o senhor coisa nenhuma. Ou o senhor removeu o corpo de lugar e o jogou sobre as chamas. Qual das duas? Decida-se.

sr. cogburn: Os porcos que tavam fuçando por lá podem ter puxado ele.

sr. goudy: Porcos, sem dúvida.

juiz parker: Sr. Goudy, está prestes a escurecer. Acha que pode encerrar com a testemunha dentro de mais alguns minutos?

sr. goudy: Vou precisar de mais tempo, Excelência.

juiz parker: Muito bem. Pode retomar a inquirição amanhã de manhã, às oito e meia. Sr. Cogburn, o senhor deve voltar ao banco das testemunhas nesse horário. O júri não pode conversar sobre o caso com mais ninguém, nem entre si. O réu permanece sob custódia.

O juiz bateu seu martelinho, e eu levei um susto, não esperava por aquele barulho. A multidão se mexeu pra sair. Eu ainda não tivera oportunidade de dar uma boa olhada naquele Odus Wharton, mas agora tinha, quando ele ficou de pé com um guarda de cada lado. Mesmo com um braço na tipoia, eles mantinham os pulsos dele algemados, no tribunal. O homem era perigoso assim. Se um dia existiu alguém com a fachada perversa do homicídio estampada no rosto, esse alguém era Odus Wharton. O sujeito era um mestiço com olhos malignos muito juntos e que ficavam abertos o tempo todo, como olhos de serpente. Um rosto curtido no pecado. Os creeks são índios bons, é o que dizem, mas um creek-branco como ele ou um creek-negro é coisa bem diferente.

Quando os guardas estavam levando o Wharton dali, ele passou pelo Rooster Cogburn e disse alguma coisa pra ele, algum horrível insulto ou ameaça, deu pra perceber. Rooster só olhou pra ele. As pessoas me empurraram pela porta e para fora. Eu esperei no alpendre.

Rooster foi um dos últimos a sair. Tinha um papel numa das mãos e uma bolsinha de tabaco na outra e estava tentando enrolar um cigarro. As mãos dele estavam tremendo e o tabaco caía pelas beiradas.

Me aproximei dele e falei, "Sr. Rooster Cogburn?"

Ele disse, "O que foi?" A cabeça dele estava em alguma outra coisa.

Eu disse, "Gostaria de ter uma palavrinha com o senhor por um minuto".

Ele me mediu. "O que foi?", disse.

Eu disse, "Falaram pra mim que o senhor é um homem de pura fibra".

Ele disse, "O que você quer, menina? Desembucha. Tá na hora da janta".

Eu disse, "Deixa que eu mostro como faz isso". Peguei o cigarro feito pela metade, enrolei, lambi, grudei, torci as pontas e devolvi pra ele. Ficou um pouco mole, porque ele já tinha amassado o papel. Ele acendeu, a brasa ardeu e o cigarro queimou quase até a metade.

Eu disse, "Seu papel e seu fumo são secos demais".

Ele examinou o cigarro e disse, "Um pouco".

Eu disse, "Estou procurando o homem que baleou e matou meu pai, Frank Ross, na frente da pensão Monarch. O nome do sujeito é Tom Chaney. Disseram que ele tá pros lados do Território Indígena e preciso de alguém pra ir atrás dele".

Ele disse, "Qual é o seu nome, menina? Onde você mora?"

"Meu nome é Mattie Ross", respondi. "A gente vive em Yell County, perto de Dardanelle. Minha mãe tá em casa cuidando da minha irmã Victoria e do meu irmão Little Frank."

"O melhor que você faz é ir pra casa", disse ele. "Eles vão precisar de uma ajuda pra bater manteiga."

Eu disse, "O alto xerife e um sujeito na repartição federal me explicaram todos os detalhes. O senhor pode conseguir um mandado de fugitivo contra o Tom Chaney e ir atrás. O governo paga dois dólares por trazer ele e um adicional de dez centavos a milha pra cada agente que for junto. Além disso, eu vou pagar pro senhor uma recompensa de cinquenta dólares".

"Você se inteirou desse negócio tim-tim por tim-tim", falou ele.

"E me inteirei mesmo", disse eu. "Num tô pra brincadeira."

Ele disse, "O que você leva aí nesse seu bornal?"

Eu abri o saco de açúcar e mostrei pra ele.

"Senhor do Céu!", ele disse. "Um Colt do Exército! Ora essa, e você aí, menor que um grão de milho! O que faz com uma pistola dessas?"

Eu disse, "Foi do meu pai. Tenho tenção de matar Tom Chaney com ela, se a lei não for atrás".

"Bom, essa máquina dá conta do recado. Se conseguir encontrar um toco alto pra apoiar quando fizer mira e atirar."

"Ninguém aqui conhecia meu pai e desconfio que não vão fazer muita coisa sobre o Chaney a menos que eu mesma faça. Meu irmão é criança e o pessoal da minha mãe é de Monterey, Califórnia. Meu avô Ross não tem condições de montar."

"Não acredito que você tem cinquenta dólares."

"Vou estar com o dinheiro daqui a um dia ou dois. Já ouviu falar de um ladrão chamado Lucky Ned Pepper?"

"Esse eu conheço bem. Dei um tiro que pegou no lábio dele em agosto último, lá pros lados das montanhas Winding Stair. O Lucky foi mesmo um baita de um sortudo nesse dia."

"Eles acham que o Tom Chaney se associou com ele."

"Não acredito que tenha cinquenta dólares, maninha, mas se estiver com fome eu pago a refeição e a gente conversa e vê se desse mato sai coelho. Que tal parece pra você?"

Eu falei pra ele que isso me parecia danado de bom. Imaginei que morava numa casa com a família dele e não estava preparada pra descobrir que não tinha nada além de um quartinho nos fundos de uma mercearia chinesa numa rua escura. Ele não tinha esposa. O nome do china era Lee. Tinha deixado a janta pronta, batata cozida e carne ensopada. Comemos os três juntos em uma mesinha baixa com um lampião a óleo no meio. Um cobertor serviu de toalha de mesa. Uma hora tocou um sininho e o Lee levantou da cadeira e passou por uma cortina pra atender um freguês.

Rooster disse que tinha ouvido falar no assassinato do meu pai, mas que não sabia os detalhes. Eu contei pra ele. Notei à luz do lampião que seu olho esquerdo ruim não era fechado por completo. Um pequeno crescente branco aparecia embaixo e refletia a luz. Ele comia com uma colher numa mão e um naco de pão branco na outra, enfiando o tempo todo no caldo. Que diferença do china, com seus pauzinhos delicados! Eu nunca tinha visto alguém usar aquilo antes. Que agilidade nos dedos! Quando o café ferveu, Lee pegou a chaleira no fogão e começou a servir. Eu pus a mão sobre a xícara.

"Não tomo café, obrigada."

Rooster disse, "O que cê gosta de beber?"

"Um leite magro frio me cai bem, quando tem."

"Bom, isso a gente não tem", ele disse. "Também não tem limonada."

"Vocês têm um pouco de leite cru?"

Lee foi até o armário de refrigeração e trouxe uma jarra de leite. A nata tinha sido tirada.

Eu disse, "Isso mais parece soro de leite, pra mim."

Rooster pegou minha xícara e pôs no chão e um gato malhado gordo saiu da escuridão onde estavam os beliches e veio lamber o leite. Rooster disse, "O General não é tão exigente". O nome do gato era General Sterling Price. Lee serviu pão de mel de sobremesa e o Rooster lambuzou o dele com manteiga e geleia, como uma criança pequena. Ele tinha um "fraco" por doces.

Me ofereci pra lavar a louça e eles levaram meus bons modos ao pé da letra. A bomba e a pia ficavam lá fora. O gato me seguiu pra comer as sobras. Fiz o melhor que pude pra limpar os pratos esmaltados com um trapo, um sabão amarelado e água fria. Quando voltei pra dentro, Rooster e Lee estavam na mesa, jogando cartas.

Rooster disse, "Me dá minha xícara aqui". Eu dei pra ele, e ele pôs um pouco de uísque de um garrafão de palhinha. O Lee fumava um cachimbo comprido.

Eu disse, "E sobre a minha proposta?"

Rooster disse, "Estou pensando a respeito".

"Que é isso que vocês tão jogando?"

"*Seven-up*. Quer entrar?"

"Não sei jogar isso. Mas eu sei jogar *bid whist*."

"A gente não joga *bid whist*."

Eu disse, "Pra mim parece um jeito mole de faturar cinquenta dólares. O senhor só ia estar fazendo seu trabalho, e ganhando um extra por fora".

"Não tenta me apertar", disse ele. "Tô pensando nas despesas."

Fiquei observando os dois em silêncio, só assoando o nariz de vez em quando. Depois de um tempo eu disse, "Não entendo como o senhor consegue jogar carta, beber uísque e pensar nesse serviço de detetive tudo ao mesmo tempo".

Ele disse, "Se eu for atrás do Ned Pepper, vou precisar de cem dólares. Calculei mais ou menos por aí. Vou querer cinquenta dólares adiantado".

"Tá tentando se aproveitar de mim."

"Essa é minha tabela pra criança", ele disse. "Não vai ser tarefa fácil desentocar o Ned. Ele deve estar escondido lá perto das colinas na Nação Choctaw. Vai ter custos."

"Espero que não esteja pensando que vou bancar o seu uísque."

"Isso eu não preciso comprar, eu confisco. Se quiser, pode experimentar um gole, pro seu resfriado."

"Não, obrigada."

"Isso aqui é o artigo genuíno. Estoura-cuca duplamente destilado de Madison County, envelhecido em barril. Uma colherinha ia fazer um bem danado pra você."

"E eu lá tenho cara de quem ia enfiar um ladrão na boca pra me roubar o juízo?"

"Ah, você não ia, ia?"

"Não, não ia."

"Bom, cem dólares é o meu preço, maninha. Pegar ou largar."

"Por um dinheiro desses acho que vou querer uma garantia. Acho que vou querer ter bastante certeza do que estou comprando."

"Eu ainda não vi a cor do seu dinheiro."

"Vou ter o dinheiro em um ou dois dias. Vou pensar na sua proposta e volto a conversar com o senhor. Agora quero voltar pra pensão Monarch. Melhor o senhor me acompanhar até lá."

"Tá com medo do escuro?"

"Nunca tive medo do escuro."

"Se eu tivesse uma senhora pistola como essa sua, eu não ia ter medo nenhum do bicho-papão."

"Não tenho medo de bicho-papão. Não conheço o caminho pra lá."

"Você é uma tremenda dor de cabeça. Espera até eu terminar essa mão. Nunca dá pra saber o que um china tá pensando. É assim que eles ganham de você nas cartas."

Estavam apostando dinheiro na partida e Rooster não ganhava uma. Fiquei insistindo, mas ele dizia, "Só mais uma", e não demorou muito pra eu pegar no sono com a cabeça em cima da mesa. Um pouco mais tarde ele começou a me sacudir.

"Acorda", ele tava dizendo. "Acorda, maninha."

"O que foi?", disse eu.

Ele estava bêbado e mexendo na arma do pai. Apontou pra alguma coisa no chão, perto da cortina que dava na loja. Olhei e vi que era um tremendo de um rato de celeiro. Tava lá agachado no assoalho, o rabo esticado, comendo o cereal que saía por um buraco na saca. Levei um susto, mas o Rooster tapou minha boca com sua mão cheirando a tabaco, apertou minhas bochechas e me segurou no lugar.

Ele disse, "Fica parada". Olhei em volta à procura de Lee e imaginei que devia ter se retirado pra cama. Rooster disse, "Vou tentar de um novo jeito. Olha só". Ele se curvou para a frente e falou com o rato em voz baixa, dizendo, "Tenho um mandado judicial aqui dizendo pro senhor parar incontinenti de comer o farelo de milho do Chen Lee. É um mandado de rato à revelia. É um mandado pra um rato réu e considere-se intimado nos termos da lei sobre o referido mandado". Daí ele olhou pra mim e disse, "Ele parou?" Não respondi. Nunca fui de perder meu tempo encorajando bebum ou gente fanfarrona. Ele disse, "Pra mim não parece que parou". Estava segurando o revólver do pai do lado esquerdo do corpo e disparou duas vezes sem nem fazer mira. O barulho encheu o espaço apertado e fez as cortinas voarem. Meus ouvidos zuniram. O ar encheu de fumaça.

Lee sentou em seu beliche e disse, "O lugar de atirar é lá fora".

"Estava entregando umas intimações", disse Rooster.

O rato ficou destroçado. Fui até lá, peguei-o pelo rabo e o joguei pela porta dos fundos para Sterling, que afinal de contas era quem deveria ter farejado e dado cabo do bicho, pra começo de conversa.

Falei pro Rooster, "Não atira com essa pistola outra vez. Não tenho mais munição pra ela".

Ele disse, "Você não ia mesmo saber carregar, se tivesse".

"Eu sei carregar."

Ele foi até seu beliche, puxou uma caixa de metal que havia ali embaixo e levou até a mesa. A caixa estava cheia de trapos sujos de óleo, cartuchos soltos, pedaços de couro e de barbante de tamanhos variados. Tirou de dentro algumas esferas de chumbo, cápsulas de percussão de cobre e uma lata de pólvora.

Disse, "Muito bem, quero ver você fazendo isso. Aí tem pólvora, cápsula, bala".

"Agora não tô com vontade. Tô com sono e quero ir pro meu alojamento na pensão Monarch."

"É, eu não achava mesmo que você sabia", disse ele.

Ele começou a recarregar as duas câmaras. Deixava cair coisas e punha tudo meio torto e não estava fazendo um grande trabalho. Quando terminou, disse, "Essa arma é grande e desajeitada demais pra você. Melhor arranjar uma de cartucho".

Remexeu no fundo da caixa e tirou uma pistolinha engraçada com vários canos. "Ah, aqui tá o que cê precisa", disse. "É uma *pepper-box* calibre vinte e dois que atira cinco vezes, e às vezes tudo de uma vez. Chamam de 'Companheira das Damas'. Tem uma mulher da vida chamada Big Faye aqui nesta cidade que já foi baleada duas vezes com uma dessas pela meia-irmã dela. A Big Faye pesa aí pelos cento e trinta quilos. As balas não conseguiram atingir nenhum órgão vital. Isso foi raro. A arma vai ser de boa serventia pra você contra uma pessoa normal. Tá como nova. Troco com você por essa velharia, elas por elas."

Eu disse, "Não, essa arma foi do pai. Tô pronta pra ir. Escutou o que eu disse?" Tirei meu revólver da mão dele e enfiei de volta no saco. Ele serviu um pouco mais de uísque na xícara.

"Não dá pra intimar um rato, maninha."

"Eu nunca disse que dava."

"Esses advogados de merda acham que dá, mas não dá. Tudo que dá pra fazer com um rato é matar ou deixar pra lá. Eles não ligam pra nada além da papelada deles. O que cê acha a respeito?"

"O senhor vai beber isso aí tudo?"

"O juiz Parker sabe. O velho é um nortista aproveitador, mas conhece seus ratos. A gente tinha um bom tribunal por aqui até esses rábulas chicaneiros aparecerem pra estragar. Olhando pras roupas do Polk Goudy, você pode pensar que ele é um cavalheiro fino, mas o sujeito é o filho da puta mais miserável que Deus já deixou respirar. Conheço muito bem a peça. Agora jogaram o juiz contra mim, e o chefe também. O pega-ratos tá sendo duro demais com os ratos. É isso que eles dizem. *Alivia um pouco praqueles ratos! Dá uma chance justa pros ratos!* Que chance deram pro Columbus Potter? Fala pra mim. Tá pra nascer um homem melhor."

Levantei e fui andando, achando que a vergonha o faria vir atrás de mim, pra me acompanhar em segurança no caminho de volta, mas ele não veio. Continuava falando quando saí. A cidade estava muito escura por aquelas bandas, e apertei o passo e não vi vivalma, embora escutasse música e vozes e visse luzes para os lados do rio, onde ficavam os bares.

Quando cheguei à Garrison Avenue, parei e tentei me orientar. Sempre tive boa cabeça pra direções. Não demorei a chegar na Monarch. A pensão estava às escuras. Contornei o prédio até a porta dos fundos, imaginando que ia estar destrancada por causa do banheiro. Imaginei certo. Como não havia pago por outra diária, me ocorreu que a sra. Floyd podia ter instalado um novo hóspede na cama da Vó Turner, talvez algum tropeiro ou detetive de ferrovia. Fiquei muito aliviada ao descobrir meu lado da cama vazio. Peguei os cobertores extras e arrumei como tinha feito na noite anterior. Disse minhas orações e levei algum tempo pra pegar no sono. Comecei a tossir.

Acordei mal no dia seguinte. Me levantei e fui tomar café, mas não consegui comer muito e meus olhos e meu nariz estavam escorrendo, então voltei pra cama. Me sentia muito fraca. A sra. Floyd enrolou no meu pescoço um pano encharcado com terebintina e lambuzado de banha. Ela me deu uma dose de um negócio chamado Ativador Biliar Dr. Underwood. "Cê vai urinar azul um ou dois dias, mas não fica assustada, é só o remédio fazendo efeito", ela disse. "Vai relaxar você que é uma maravilha. A Vó Turner e eu erguemos as mãos pro céu no dia que a gente descobriu isso." O rótulo na garrafa dizia que não continha mercúrio e era recomendado por médicos e clérigos.

Junto com o efeito estapafúrdio da cor, o medicamento também me deixou meio tonta e abobada. Desconfio hoje que devia incluir algum ingrediente como codeína ou láudano. Lembro de uma época em que metade das senhoras de idade no país viviam "chapadas".

Graças a Deus pela Lei de Narcóticos Harrison. Também pela Lei Volstead. Sei que o governador Smith é favorável ao comércio da "birita", mas isso por causa da sua raça e religião, e a gente não pode responsabilizar ele pessoalmente por isso. Acho que a primeira lealdade dele é para com seu país e não para com o "infalível papa de Roma". Não tenho o menor receio de Al Smith. Ele é um bom democrata e, quando for eleito, acredito que vai fazer a coisa certa se a turma republicana não quebrar as pernas dele e atormentar o homem e mandá-lo mais cedo pra cova, como fizeram com Woodrow Wilson, o maior cavalheiro presbiteriano da época.

Fiquei acamada por dois dias. A sra. Floyd foi bondosa e trouxe as refeições pra mim. O quarto era tão frio que a mulher não ficava por ali, fazendo um monte de perguntas. Ela ia duas vezes por dia até a agência do correio pra perguntar sobre minha carta.

A Vó Turner deitava na cama toda tarde para descansar e eu lia pra ela. Adorava seu remédio e usava um copo de água para beber. Li pra ela sobre o julgamento do Wharton no *New Era* e no *Elevator*. Também li um livrinho que alguém deixara na mesa chamado *A decepção de Bess Calloway*. Era sobre uma garota na Inglaterra que não conseguia se decidir entre casar com um homem rico, chamado Alec, dono de uma matilha de cachorros, ou com um pregador. Ela era uma garota linda que levava uma vida confortável e não tinha de cozinhar nem trabalhar nem nada e podia ficar tanto com um como com outro. Ela se metia em encrenca porque nunca dizia o que queria, mas vivia enrubescendo e rodeando o assunto. Deixava todo mundo na maior inquietação querendo saber o que passava por aquela cabecinha. Isso era o que segurava o interesse do leitor. A Vó Turner gostou e eu também. Precisei ler as partes engraçadas duas vezes. Bess casou com um dos dois pretendentes só pra descobrir que ele era cruel e irresponsável. Esqueci qual dos dois era.

Na noite do segundo dia me senti um pouco melhor, saí da cama e fui jantar. O caixeiro-viajante havia partido com suas pequenas calculadoras e tinha também mais uns quatro ou cinco lugares vagos na mesa.

Perto do fim da refeição um estranho entrou usando dois revólveres e informou que estava procurando quarto e refeição. Era um sujeito bem-apessoado de uns trinta anos de idade com uma "crista" no alto da cabeça. Precisava de um banho e de uma navalha, mas dava pra perceber que aquela não era sua condição normal. Parecia um sujeito de boa família. Tinha olhos azul-claros e cabelo castanho-avermelhado. Estava usando um casaco longo de veludo cotelê. Tinha um jeito meio convencido e exibia um sorrisinho presunçoso que dava nos nervos quando se voltava para você.

Esqueceu de tirar as esporas antes de sentar à mesa e a sra. Floyd ralhou com ele, dizendo que não queria as pernas das suas cadeiras ainda mais arranhadas do que já estavam, o que não era pouca coisa. Ele pediu desculpas e fez como ela mandou. As esporas eram do tipo mexicano, com rosetas enormes. Ele as pousou sobre a mesa, ao lado do prato. Então se lembrou dos revólveres e desafivelou o cinto, pendurando-o no espaldar da cadeira. Esse equipamento era esdrúxulo. O cinturão era grosso, largo e todo empetecado de cartuchos, e as coronhas das pistolas eram brancas. O tipo de coisa que se vê hoje em dia num desses shows de "Velho Oeste".

Seu sorriso e seus modos confiantes intimidaram todo mundo na mesa menos eu; as pessoas pararam de conversar e começaram a passar coisas pra ele no maior rebuliço, como se ele fosse alguém. Devo admitir porém que também o fiquei um pouco incomodada por causa do meu cabelo desarrumado e do nariz vermelho.

Enquanto se servia da comida, ele sorriu pra mim do outro lado da mesa e disse, "Salve".

Acenei com a cabeça, mas não abri a boca.

"Como cê chama?", disse ele.

"Maria Joana", disse eu.

Ele disse, "Aposto que seu nome é Mattie Ross".

"Como o senhor sabe?"

"Meu nome é LaBoeuf", ele disse. Ele pronunciava La-Bif, mas escrito era algo como LaBoeuf. "Encontrei sua mãe faz dois dias. Ela tá preocupada com você."

"Que assuntos o senhor tinha pra tratar com ela, senhor LaBoeuf?"

"Entro em detalhes disso depois que eu comer. Queria entreter uma conversa reservada com a senhorita."

"Ela tá bem? Aconteceu alguma coisa?"

"Não, sua mãe está bem. Não tem nada errado. Estou procurando alguém. A gente conversa sobre isso depois do jantar. Estou morrendo de fome."

A sra. Floyd disse, "Se for alguma coisa referente à morte do pai dela, a gente já tá ciente de tudo. Ele foi assassinado bem na frente dessa casa. Ainda tem sangue na minha varanda, onde carregaram o corpo".

O tal do LaBoeuf disse, "É sobre outro assunto".

A sra. Floyd descreveu os tiros outra vez e tentou apertá-lo para que falasse do que se tratava, mas ele apenas sorriu, continuou comendo e não se deixou pressionar.

Depois do jantar fomos até a sala da entrada, para um canto longe dos outros hóspedes, e LaBoeuf arrumou duas cadeiras ali de frente para a parede. Quando sentamos os dois nesse arranjo curioso, ele tirou uma pequena fotografia do casaco de veludo e mostrou para mim. A foto estava enrugada e apagada. Olhei. O rosto do homem era mais jovem e não havia marca negra, mas sem a menor sombra de dúvida parecia com o Tom Chaney. Falei isso pro LaBoeuf.

Ele disse, "Sua mãe também identificou. Agora tenho umas novidades pra dar. O verdadeiro nome dele é Theron Chelmsford. Ele baleou e matou um senador chamado Bibbs lá em Waco, Texas, e tenho seguido a trilha dele na maior parte dos últimos quatro meses. Ele vadiou por Monroe, Louisiana, e Pine Bluff, Arkansas, antes de ir parar na casa do seu pai".

Eu disse, "Por que o senhor não pegou ele em Monroe, Louisiana, ou em Pine Bluff, Arkansas?"

"Ele é esperto."

"Já eu achava ele meio lerdo da cabeça."

"É o que ele fingia ser."

"Pois fingia bem demais. O senhor é algum tipo de agente da lei?"

LaBoeuf me mostrou uma carta identificando-o como sargento do Texas Rangers, destacado pra um lugar chamado Ysleta, lá pros lados de El Paso. Disse, "Estou de serviço, nesse exato momento. Trabalhando pra família do senador Bibbs em Waco".

"Como é que o Chaney foi atirar num senador?"

"Teve a ver com um cachorro. Chelmsford atirou no perdigueiro do senador. Bibbs ameaçou ele com o açoite por causa disso e o Chelmsford atirou no distinto cavalheiro quando o velho tava sentado num balanço na varanda."

"Por que ele atirou no cachorro?"

"Isso eu não sei. Maldade pura. Chelmsford é um caso perdido. Alegou que o cachorro latiu pra ele. Vai saber se latiu ou se não latiu."

"Eu também estou à procura dele", disse eu, "esse homem que o senhor chama de Chelmsford".

"Sei, disso eu tenho conhecimento. Conversei com o xerife hoje. Ele me informou que você tava hospedada aqui e procurando um detetive especial pra ir atrás do Chelmsford no Território Indígena."

"Já encontrei um homem pro serviço."

"Quem é o sujeito?"

"O nome dele é Cogburn. É um agente do Tribunal Federal. É o mais valente que eles têm por lá e tá familiarizado com um bando de ladrões liderados por Lucky Ned Pepper. Eles acham que o Chaney tá associado com essa cambada."

"Isso mesmo, é a coisa certa a fazer", disse LaBoeuf. "Você precisa de um agente dos federais. Eu mesmo estou pensando em algo nessa linha. Preciso de alguém que conheça o terreno e possa fazer uma prisão por lá apoiado na lei. Ninguém sabe o que o tribunal vai dizer hoje em dia. Pode acontecer de eu transportar o Chelmsford todo o trajeto até McLennan County, Texas, só pra algum juiz corrupto dizer que ele foi sequestrado e mandar soltar. Isso não ia ser o fim da picada?"

"Ia ser uma tristeza."

"Pode ser que eu me junte a você e esse seu agente federal."

"Cê vai ter que falar com o Rooster Cogburn sobre isso."

"Vai ser em mútuo proveito. Ele conhece a terra e eu conheço Chelmsford. É trabalho pra no mínimo dois pegar ele com vida."

"Bom, pra mim tanto faz se for de um jeito ou de outro, contanto que quando a gente pegar o Chaney ele não vá pro Texas, mas volte pra Fort Smith pra ser enforcado."

"Hmm, bom", disse LaBoeuf. "Não é importante onde ele vai ser enforcado, é?"

"Pra mim é. É pro senhor?"

"Pra mim é um bocado de dinheiro. Mas um enforcamento no Texas não serve tão bem quanto um enforcamento no Arkansas?"

"Não. O senhor mesmo disse que pode acontecer de soltarem ele por lá. Esse juiz vai cumprir com seu dever."

"Se não enforcarem, a gente mete bala nele. Dou minha palavra de Ranger sobre isso."

"Quero que o Chaney pague por ter matado meu pai, não um cachorro perdigueiro do Texas."

"Não vai ser pelo cachorro, vai ser pelo senador, e pelo seu pai também. Vai ficar tão morto quanto, de um jeito ou de outro, você vai ver, e vai pagar por todos os crimes de uma vez."

"Eu não vou ver nada não. Não é assim que entendo a coisa."

"Vou ter uma palavrinha com o agente."

"Não adianta nada falar com ele. Ele tá trabalhando pra mim. Precisa fazer o que eu mandar."

"Acho que vou ter uma palavrinha com ele assim mesmo."

Percebi que tinha cometido um erro me abrindo com aquele estranho. Eu teria ficado com um pé mais atrás se ele fosse feio, em vez de bonito. Além disso, minha cabeça estava zonza e eu não estava pensando direito por ter sido dopada com o ativador de bile.

Eu disse, "O senhor não vai poder ter palavrinha nenhuma com ele por alguns dias, em todo caso".

"E por que seria?"

"Ele foi pra Little Rock."

"Pra tratar de que assunto?"

"Assunto federal."

"Então vou ter uma palavrinha com ele quando voltar."

"Seria mais sensato de sua parte conseguir algum outro agente pro senhor. Eles têm de montão. Eu já fiz um acerto com o Rooster Cogburn."

"Vou ver que acerto é esse", disse ele. "Acho que sua mãe não ia gostar de ver a senhorita se metendo nesse tipo de aventura. Ela acha que anda tratando de um cavalo. Investigação criminal é um troço sórdido e perigoso e é melhor que seja deixado nas mãos de homens que entendem do riscado."

"Imagino que seja esse o seu caso. Bom, se em quatro meses eu não conseguisse encontrar o Tom Chaney com uma marca no rosto como um Caim degredado, não ia me meter a dar conselhos pros outros sobre como fazer isso."

"A senhorita não me venha com impertinências pra cima de mim que isso eu não aturo."

"E eu não aturo ameaça."

Ele se levantou e disse, "No começo da noite me passou pela cabeça até lhe roubar um beijo, mesmo a senhorita sendo muito nova, e estando doente e não sendo atraente, ainda por cima, mas agora estou pensando é em lhe dar umas boas cinco ou seis lategadas com o meu cinturão".

"Uma coisa ia ser tão desagradável quanto a outra", respondi. "Encosta a mão em mim e o senhor vai responder por isso. O senhor é do Texas e ignorante dos nossos costumes, mas o bom povo do Arkansas não dá mole com sujeitos que maltratam mulheres e crianças."

"A juventude do Texas é criada pra ser educada e mostrar respeito pelos mais velhos."

"Notei que gente desse estado aí também pica seus cavalos com esporas grandes e cruéis."

"Sua impertinência está passando dos limites."

"Não tenho a menor consideração pelo senhor."

Ele ficou furioso e então foi embora, tilintando pra longe com toda aquela sua tralha texana.

Acordei cedo na manhã seguinte, um pouco melhor, mas ainda sem me firmar muito bem nos pés. Me vesti rápido e corri pra agência do correio sem esperar pelo café da manhã. A correspondência já tinha chegado, mas ainda estava sendo separada e o guichê de entrega ainda não abrira.

Dei um berro pelo vão onde a gente enfia as cartas e consegui que um funcionário se aproximasse do guichê. Me identifiquei e falei pra ele que estava esperando uma carta de importante natureza legal. Ele sabia disso por intermédio da sra. Floyd e teve a bondade de interromper suas tarefas regulares para procurar. Encontrou em questão de minutos.

Rasguei a lateral e abri a carta com dedos impacientes. Lá estava a quitação reconhecida no tabelionato (dinheiro no meu bolso!) e também uma carta do dr. Daggett.

A carta dizia o seguinte:

Minha querida Mattie:
Acredito que vai achar o documento aqui incluso satisfatório. Gostaria que deixasse tais assuntos inteiramente a meu encargo, ou que pelo menos tivesse a cortesia de me consultar antes de fazer tais acordos. Não a estou repreendendo, apenas dizendo que seus modos obstinados vão fazê-la passar por uns maus bocados, qualquer dia desses.

Isso posto, tenho de admitir que você parece ter realizado um vantajoso negócio com o bom coronel. Nada sei desse homem, de sua probidade ou falta da mesma, mas eu não lhe daria essa quitação até que o dinheiro estivesse em sua posse. Tenho certeza de que tomará essa medida.

Sua mãe está aguentando bem, mas anda muito preocupada com você e ansiosa pra que volte logo pra casa. Nisso estou com ela.

Fort Smith não é lugar pra uma jovem solitária, nem mesmo uma "Mattie". Little Frank está de cama com dor de ouvido, mas claro que não é coisa grave. Victoria está em ótima forma. Achou-se por bem que ela não fosse ao funeral.

  O sr. MacDonald continua fora caçando veados e o sr. Hardy foi obrigado a oficiar o enterro de Frank, baseando seu sermão no capítulo 16 de João, "Eu venci o mundo". Sei que o sr. Hardy não é muito estimado por suas qualidades sociais, mas é um bom homem a seu modo e ninguém pode afirmar que não seja um estudioso diligente das Escrituras. A loja de Danville custeou todo o serviço junto ao túmulo. Desnecessário dizer que toda a comunidade está em choque e de luto. Frank foi um homem rico em amizades.

  Sua mãe e eu esperamos que tome o primeiro trem para casa após ter concluído seus assuntos com o coronel. Telegrafe-me imediatamente com respeito a isso e iremos a seu encontro em um ou dois dias. Gostaria de legitimar o testamento de Frank sem mais demora e há importantes questões a serem discutidas com você. Sua mãe não tomará qualquer decisão sem sua presença, tampouco assinará documento algum, nem sequer recibos comuns; de modo que nada irá para a frente enquanto não estiver por aqui. Você é o forte braço direito dela agora, Mattie, e uma pérola de grande apreço para mim, mas há momentos em que se torna uma extraordinária provação para aqueles que a amam. Venha logo para casa! Seu

Verdadeiramente,
Jno. Daggett

  Se quer algo benfeito, faça você mesmo, sempre. Até hoje não tenho ideia de por que deixaram um granjeiro patusco como Owen Hardy oficiar o serviço. Conhecer o Evangelho e fazer o sermão são duas coisas diferentes. Um batista ou até um campbellita teria sido melhor que ele. Se eu estivesse em casa, nunca teria permitido, mas eu não podia estar em dois lugares ao mesmo tempo.

  Stonehill não se achava com disposição para brigas nessa manhã, na verdade não estava bufando nem resfolegando por tudo, mas antes em um estado de espírito triste, perplexo, como de alguns lunáticos mais velhos que conheci.

Deixem-me acrescentar rapidamente que o homem não era louco. Minha comparação não é das mais favoráveis e eu não a usaria a não ser para enfatizar seus modos alterados.

Ele queria preencher um cheque e eu sei que em princípio deveria estar tudo bem, mas eu não queria ter levado o negócio até aquele ponto só pra me arriscar a ser passada pra trás, então insisti em dinheiro vivo. Ele falou que teria o dinheiro assim que o banco abrisse.

Eu disse, "O senhor não parece bem".

Ele disse, "Minha malária está me fazendo sua visita anual".

"Eu mesma não tenho andado lá muito bem. O senhor já tomou um pouco de quinino?"

"Já, já me enchi até a tampa com a casca peruana. Meus ouvidos estão até zumbindo de tanto tomar. Mas já não faz mais o mesmo efeito que fazia antes."

"Torço por suas melhoras."

"Obrigado. Isso vai passar."

Voltei à Monarch pra tomar o café da manhã pelo qual já havia pago. O texano LaBoeuf estava à mesa, barbeado e limpo. Imaginei que não pudesse fazer nada a respeito da "crista". Era provável até que a cultivasse. Um diabo de um sujeito vaidoso e metido. A sra. Floyd perguntou se a carta tinha chegado.

Eu disse, "Chegou, estou com a carta. Chegou hoje de manhã".

"Então sei que está aliviada", disse ela. Depois falou para os demais, "Ela estava esperando essa carta faz dias". Depois de novo pra mim, "Já foi ver o coronel hoje?"

"Acabei de voltar do escritório dele", respondi.

LaBoeuf disse, "Que coronel é esse?"

"Ora, o coronel Stockhill, negociante de estoque", disse a sra. Floyd.

Interrompi pra dizer, "É assunto pessoal".

"Fechou seu acordo?", disse a sra. Floyd, que conseguia manter a boca fechada tanto quanto um bagre cabeçudo.

"Estoque de quê?", quis saber LaBoeuf.

"É Stonehill, comerciante de animais", disse eu. "Não tem nada de estoque, mas cavalo. Eu vendi pra ele uns pôneis famintos que vieram do Texas. Nada além disso."

"Você é nova demais pra negociar cavalos", disse LaBoeuf. "Isso pra não mencionar seu sexo."

"E o senhor é abusado demais pra um estranho", disse eu.

"O pai dela comprou os pôneis do coronel pouco antes de ser morto", disse a sra. Floyd. "A pequena Mattie aqui dobrou o homem e fez ele comprar os animais de volta por um bom preço."

Por volta das nove horas fui para a estrebaria e entreguei a desobrigação em troca de trezentos e vinte e cinco dólares em verdinhas. Eu já havia segurado quantias maiores na mão, mas esse dinheiro, na minha cabeça, iria dar um prazer desproporcional ao que realmente valia. Mas não, eram só trezentos e vinte e cinco dólares em cédulas e o momento ficou aquém das minhas expectativas. Me dei conta do leve desapontamento e não fiz mais caso do fato que isso. Talvez a postura cabisbaixa de Stonehill estivesse me afetando.

Eu falei, "Bom, o senhor manteve sua parte no acordo e eu mantive a minha".

"Isso mesmo", disse ele. "Eu paguei por um cavalo que não possuo e comprei de volta um bando de pôneis inúteis que não posso vender outra vez."

"O senhor está esquecendo do cavalo cinza."

"Isca de corvo."

"O senhor está olhando pra coisa sob uma luz errada."

"Estou olhando pra isso sob a luz da verdade eterna de Deus."

"Espero que não pense que prejudiquei o senhor de algum modo."

"Não, de jeito nenhum", disse ele. "Meus infortúnios têm sido notavelmente consistentes desde que cheguei ao 'Estado Urso'. Esse foi apenas outro exemplo, e não foi dos mais infelizes. Me disseram que essa cidade era pra ser a Chicago do Sudoeste. Bom, minha amiguinha, não é a Chicago do

Sudoeste. Não sei dizer muito bem o que é. Eu de bom grado pegaria uma pena na mão para escrever um volume grosso sobre meus infortúnios aqui, mas não ouso, por medo de ser chamado de um romancista mentiroso."

"A malária está pondo o senhor pra baixo. O senhor logo encontra um comprador pros pôneis."

"Tenho uma oferta em aberto de dez dólares por cabeça da Pfitzer Soap Works, de Little Rock."

"Ia ser uma vergonha destruir uma cavalhada tão cheia de vida pra transformar em sabão."

"Ia mesmo. Estou confiante de que o negócio não vai se concretizar."

"Volto mais tarde pra buscar minha sela."

"Muito bem."

Fui até a loja do china, comprei uma maçã e perguntei para o Lee se o Rooster estava. Ele disse que continuava deitado. Eu nunca tinha visto ninguém ficar na cama até as dez da manhã a menos que estivesse doente, mas o homem era assim.

Ele se agitou quando eu passei pela cortina. Era tão pesado que o beliche vergava no meio até quase encostar no assoalho. Parecia mais que ele estava numa rede de dormir. Ele se deitara de roupa e tudo debaixo das cobertas. O gato malhado Sterling Price estava enrodilhado ao pé da cama. Rooster tossiu, cuspiu no chão, enrolou um cigarro, acendeu, tossiu mais um pouco. Me pediu pra buscar um pouco de café, então apanhei uma xícara, peguei o bule de cuproníquel no fogão e fiz o que me pediu. Quando tomou, gotículas marrons de café ficaram presas no seu bigode como orvalho. Os homens vivem como uns bodes velhos se ninguém cuida deles. Ele não pareceu nem um pouco surpreso de me ver, então resolvi agir de acordo e fiquei de costas para o fogão, mastigando minha maçã.

Eu disse, "Tá precisando de mais uns sarrafos aí nessa cama".

"Eu sei", ele disse. "Esse é o problema, não tem sarrafo nenhum pra contar história. É uma maldita de uma cama chinesa feita de corda. Eu ia adorar tocar fogo nesse troço."

"Não faz bem pras suas costas dormir desse jeito."

"Você tem razão nisso também. Um homem da minha idade devia ter uma cama boa, nem que fosse só isso. Como tá o tempo lá fora?"

"Ventando bem", disse eu. "Tem umas nuvens se juntando lá pro leste."

"O diabo me carregue se não vai começar a cair neve. Cê viu a lua ontem à noite?"

"Pra mim não parece que vai nevar hoje."

"Por onde andou, maninha? Esperei você voltar, depois desisti. Pensei que tivesse voltado pra casa."

"Não, fiquei na pensão Monarch o tempo todo. Andei acamada com algum negócio bem parecido com crupe."

"Ainda tá? O General e eu agradecemos de não passar pra gente."

"Praticamente sarei. Achei que o senhor podia perguntar por mim ou me procurar quando eu estava de cama."

"O que levou você a pensar isso?"

"Motivo nenhum, tirando que não conheço mais ninguém na cidade."

"Vai ver você pensou que eu fosse um pregador que sai por aí visitando enfermo na cidade."

"Não, não pensei isso."

"Pregador não tem nada melhor pra fazer. Eu tenho o meu trabalho pra cuidar. Os agentes do seu Governo não têm muito tempo pra fazer visita social. Estão ocupados demais tentando obedecer o monte de regulamento que o Tio Sam manda seguir. Esse cavalheiro quer os formulários dos vencimentos certinhos, tim-tim por tim-tim, ou então ele não paga."

"Sei, dá pra ver que estão mantendo o senhor ocupado."

"O que você está vendo é um homem honesto que trabalhou até tarde da noite nos vencimentos dele. É um trabalho dos diabos, e o Potter não tá mais aqui pra me ajudar. Se você não tem estudo, tá num mato sem cachorro nesse país, maninha. É assim que as coisas são. Não, senhor, esse homem aqui não tem mais chance nenhuma. Não interessa quanto peito ele tenha, os outros vão pôr ele de lado, esses frangotes que ganharam concurso de soletrar lá na terra deles."

Eu disse, "Eu li no jornal sobre onde vão enforcar o tal do Wharton".

"Não tem outra coisa que possam fazer", disse ele. "É uma pena que não possam enforcar o sujeito umas três ou quatro vezes."

"Quando vai ser a execução?"

"Tá prevista pra janeiro, mas o dr. Goudy está a caminho de Washington pra ver se o presidente Hayes não comuta a sentença. A mãe do rapaz, Minnie Wharton, tem uma terrinha e o Goudy não vai sossegar enquanto não conseguir ficar com tudo."

"O presidente vai mandar soltar ele, o senhor acha?"

"Difícil dizer. O que o presidente sabe a respeito? Vou dizer pra você. Nada. Goudy vai alegar que o rapaz foi provocado e vai contar uma montanha de mentiras sobre minha pessoa. Eu devia ter metido uma bala na cabeça dele, não na clavícula. Tava pensando nos meus vencimentos. Às vezes a pessoa deixa o dinheiro interferir na noção do que é certo."

Tirei o dinheiro dobrado do meu bolso e estendi a mão, mostrando pra ele.

Rooster disse, "Senhor do Céu! Olha só pra isso! Quanto você tem aí? Com uma mão igual a essa, eu passava a vez".

"O senhor não acreditou que eu ia voltar, não foi?"

"Bom, eu não sabia. Com você é difícil dizer."

"Continua disposto?"

"Disposto? Eu nasci disposto, maninha, e espero morrer assim."

"Quanto tempo vai levar pra ficar pronto pra ir?"

"Pronto pra ir aonde?"

"Pro Território. Pro Território Indígena, pegar Tom Chaney, o homem que matou meu pai, Frank Ross, na frente da pensão Monarch."

"Esqueci o que a gente tinha combinado."

"Eu ofereci pagar cinquenta dólares pelo serviço."

"Isso, lembrei agora. O que foi que eu respondi?"

"O senhor disse que seu preço era cem dólares."

"Isso mesmo, lembrei agora. Bom, isso é o que era, e isso é o que continua a ser. Vou ficar com os cem dólares."

"Tudo bem."

"Conta ali em cima da mesa."

"Primeiro quero combinar uma coisa. Dá pra gente partir pro Território hoje à tarde?"

Ele sentou na cama. "Espera um pouco", disse. "Um minuto só. Você não vai."

"Isso é parte do acordo", disse eu.

"Não dá."

"E por que não? O senhor me julgou mal se pensa que sou estúpida o bastante pra dar cem dólares na sua mão e ficar olhando enquanto se manda no seu cavalinho. Não, senhor, quero ver esse negócio executado pessoalmente."

"Sou um agente federal certificado dos Estados Unidos."

"Isso pra mim não vale porcaria nenhuma. R. B. Hayes é o presidente dos Estados Unidos e dizem que ele roubou a eleição do Tilden."

"Você nunca mencionou essa condição. Não posso ir atrás do bando do Ned Pepper e cuidar de um bebê ao mesmo tempo."

"Não sou nenhum bebê. O senhor não vai ter que se preocupar comigo."

"Você vai me atrasar e ficar no meu caminho. Se quer esse serviço concluído, e concluído rápido, vai ter que deixar eu fazer do meu jeito. Pode acreditar em mim que do meu trabalho eu entendo. E se ficar doente outra vez? Não posso fazer nada por você. Primeiro achou que eu fosse um pregador, agora acha que sou médico, com um palito achatado pra examinar sua língua de tantos em tantos minutos."

"Não vou atrasar o senhor. Sou uma cavaleira danada de boa."

"Eu não paro em pensão, com cama confortável e boia quente na mesa. A viagem é ligeira, e a comida, frugal. Dormir, o pouco que a gente dorme a gente dorme no chão."

"Já dormi ao relento. O pai levou eu e o Little Frank pra caçar racum no verão passado, no Petit Jean."

"Caçar racum?"

"A gente ficou fora a noite toda, na floresta. Sentou em volta da fogueira e Yarnell contou histórias de fantasmas. Foi muito divertido."

"Pro diabo com os racuns! Isso não é caçar racum coisa nenhuma, não chega nem quarenta milhas perto de caçar racum!"

"É o mesmo princípio de caçar racum. O senhor só está tentando fazer seu trabalho parecer mais duro do que é."

"Esquece a caça de racum. Estou dizendo pra você que onde eu vou não tem lugar pra uma criança fedendo a cueiro."

"Isso é o que disseram sobre caçar racum. Sobre Fort Smith também. Mas aqui estou eu."

"A primeira noite fora e você vai estar toda apavorada, choramingando e chamando a mãe."

Eu disse, "Já larguei faz tempo desse negócio de choramingar, e de dar risadinha, também. Agora se decida. Não tô nem aí pra essa conversa toda. O senhor falou pra mim qual era seu preço pelo trabalho e eu trouxe o combinado. Olha o dinheiro aqui. Tenho tenção de pegar o Tom Chaney e se o senhor não está disposto encontro alguém que *esteja*. Tudo que escutei vindo do seu lado até agora é só conversa. Sei que o senhor consegue tomar uísque e já vi o senhor matar um rato cinza. O resto todo foi só conversa. Disseram pra mim que o senhor tem fibra de verdade e foi por isso que procurei o senhor. Não tô pagando pra escutar conversa. Consigo toda conversa que eu precisar e mais um pouco na pensão Monarch".

"Eu devia era dar uma bolacha na sua cara."

"E como é que o senhor se propõe a fazer isso desse chafurdeiro de porco onde tá afundado? Eu ia ter vergonha de mim mesma se vivesse nessa imundície. Se eu cheirasse mal como o senhor, não ia morar numa cidade. Ia morar no alto da montanha Magazine, onde não ia afugentar ninguém a não ser os coelhos e as salamandras."

Ele levantou do beliche, entornou seu café e assustou o gato, que fugiu guinchando. Tentou me pegar, mas eu corri rápido pra fora de alcance, atrás do fogão. Apanhei um punhado de formulários de despesas na mesa e com o puxador cutuquei uma das tampas do fogão. Segurei o maço em cima das chamas. "Melhor voltar se esses papéis têm algum valor pro senhor", disse eu.

Ele disse, "Põe essas folhas de volta na mesa".

Eu disse, "Não, até o senhor voltar".

Ele recuou um ou dois passos. "Não tá longe o bastante", disse eu. "Volta até a cama."

Lee espiou através da cortina. Rooster sentou na beirada da cama. Pus a tampa de volta no fogão e os papéis de volta na mesa.

"Volta pra sua loja", disse Rooster, dirigindo sua raiva contra Lee. "Tá tudo certo. A maninha aqui e eu estamos resolvendo um assunto."

Eu disse, "E aí, o que o senhor tem a dizer? Estou com pressa".

Ele disse, "Não posso sair da cidade enquanto esses papéis não estiverem terminados. Terminados e aprovados".

Sentei na mesa e trabalhei nos formulários por mais de uma hora. Não tinha nada difícil naquilo, só que eu precisei apagar a maior parte do que ele já tinha feito. Os papéis tinham campos para preencher com as especificações e os valores, mas a letra de Rooster era tão grande e torta que saía pelas linhas e invadia espaços acima e abaixo aonde não deveria ter ido. Como consequência, as descrições das despesas nem sempre batiam com os valores em dinheiro.

O que ele chamava de seus "comprovantes" eram pedaços de papel rabiscados, a maioria sem data. Coisas assim: "Rações pra Cecil $1,25" e "Conversa importante com Red 65 cts".

"Red quem?", eu quis saber. "Não vão reembolsar por esse tipo de coisa."

"Isso é Society Red", explicou. "Ele costumava cortar dormente pra ferrovia Katy. Escreve aí, de qualquer jeito. Pode ser que paguem alguma coisa por isso."

"Quando foi isso? Usou pra quê? Como alguém pode pagar sessenta e cinco centavos por uma conversa importante?"

"Deve ter sido no último verão. Ele não aparece desde agosto, quando deu pra gente umas informações sobre o Ned."

"Foi por isso que vocês pagaram ele?"

"Não, Schmidt pagou ele por isso. Acho que foram uns cartuchos que dei pra ele. Dei um monte de cartuchos. Não dá pra lembrar de cada negocinho que a gente faz."

"Vou datar isso no dia 15 de agosto."

"A gente não pode fazer isso. Põe 17 de outubro. Tudo aí nessa pilha precisa ser depois de primeiro de outubro. Se for antes, não vão pagar nada. A gente data os mais velhos tudo um pouquinho pra frente."

"O senhor disse que não vê o homem desde agosto."

"Muda o nome pra Pig Satterfield e põe a data de 17 de outubro. Pig ajuda a gente nos casos de madeira, e os funcionários do governo estão acostumados a ver esse nome."

"O nome dele é Pig?"

"Nunca vi chamarem ele de outro jeito."

Insisti com ele para que me desse datas aproximadas e pormenores que trouxessem mais consistência às declarações. Ele ficou muito contente com meu trabalho. Quando terminei, admirou os formulários e disse, "Olha como tá bonito. Potter nunca fez um serviço desses. O diabo me carregue se não vai ser tudo aprovado".

Redigi um breve contrato referente ao negócio entre nós e fiz com que assinasse. Dei a ele vinte e cinco dólares e disse que daria mais vinte e cinco quando partíssemos. Os cinquenta dólares restantes seriam pagos com a conclusão satisfatória do serviço.

Eu disse, "Esse dinheiro adiantado vai cobrir as despesas de nós dois. Fica combinado que o senhor providencia os mantimentos pra gente e a ração dos cavalos".

"Vai ter que levar seus próprios troços pra dormir", disse ele.

"Tenho umas mantas e um bom oleado. Vou estar pronta pra ir assim que arranjar um cavalo."

"Não", disse ele. "Não vou conseguir sair do tribunal. Tenho umas coisas pra resolver. A gente só pode partir amanhã, assim que clarear. A gente vai tomar a balsa, porque preciso conversar com um informante na Nação Cherokee."

"Vejo o senhor mais tarde hoje pra fazer os últimos planejamentos."

Almocei na Monarch. O tal do LaBoeuf não apareceu e minha esperança era que tivesse ido para algum lugar bem longe. Depois de um rápido cochilo, dei um pulo na estrebaria e fiquei olhando os pôneis no curral. Não parecia haver grande diferença entre eles, tirando a cor, e depois de um tempo me decidi por um preto com manchas brancas nas patas da frente.

Uma criatura linda. O pai nunca comprava um cavalo que tivesse mais de uma pata branca. Tem uma rima meio boba sobre isso que os cavaleiros costumam dizer, falando que uma montaria assim não presta, particularmente uma que tenha as quatro patas brancas. Esqueci as palavras exatas do poema, mas mais tarde vocês vão ver que não é nada disso.

Encontrei Stonehill no escritório dele. Estava enrolado num xale e sentado bem perto do seu fogão, com as mãos esticadas. Sem dúvida era calafrio da malária. Puxei uma caixa e sentei do lado pra me aquecer também.

Ele disse, "Acabaram de me contar que uma jovem caiu de cabeça num poço de quinze metros na Towson Road. Pensei que talvez tivesse sido você".

"Não, não fui eu."

"Ela morreu afogada, disseram."

"Não me surpreende."

"Afogada como a bela Ofélia. Claro que no caso dela foi uma dupla tragédia. Estava desesperada por causa do coração partido e não fez nada pra se salvar. Fico perplexo de ver que as pessoas consigam suportar e seguir em frente com esses repetidos golpes. Eles não têm fim."

"Ela devia ser uma tonta. Teve alguma notícia do homem do sabão em Little Rock?"

"Nada. O negócio continua pendente. Por que quer saber?"

"Vou livrar o senhor de um daqueles pôneis. O preto com manchas brancas nas patas dianteiras. Vou chamar ele de 'Little Blackie'. Quero ele ferrado hoje à tarde."

"Qual a sua oferta?"

"Vou pagar o preço de mercado. Acho que o senhor disse que o homem do sabão ofereceu dez dólares a cabeça."

"Isso é preço de lote. Não se esqueça que paguei a você vinte dólares a cabeça ainda hoje de manhã."

"Esse era o preço de mercado naquela hora."

"Entendi. Me diz uma coisa, está planejando ir embora da cidade?"

"Parto amanhã cedinho pra Nação Choctaw. O agente federal Rooster Cogburn e eu vamos atrás do assassino Chaney."

"Cogburn?", disse ele. "Como você foi topar com aquele vagabundo sujo?"

"Disseram que ele tem fibra", disse eu. "Eu queria um homem de fibra."

"Certo, imagino que tenha mesmo. Um notório brucutu. Não é alguém com quem eu ia querer partilhar a cama."

"Muito menos eu."

"Dizem que costumava andar por aí à luz da lua com Quantrill e Bloody Bill Anderson. Eu não confiaria muito nele. Ouvi dizer também que foi um *particeps criminis* num assalto de diligência antes de vir pra cá e se pôr a serviço do tribunal."

"Ele vai ser pago quando o trabalho for feito", disse eu. "Dei um adiantamento pequeno pras despesas e ele vai receber o resto quando a gente pegar nosso homem. Estou pagando um prêmio muito bom de cem dólares."

"Certo, um esplêndido incentivo. Bom, pode ser que tudo isso se conclua do modo mais satisfatório para a senhorita. Rezo pra que volte sã e salva e que seus esforços sejam coroados com o sucesso. A jornada deve se provar das mais árduas."

"O bom cristão não se encolhe diante das dificuldades."

"Mas tampouco corre atrás delas. O bom cristão não é teimoso nem presunçoso."

"O senhor acha que estou dando cabeçada."

"Acho é que é uma cabeçuda."

"Então vamos ver."

"É, esse é meu medo."

Stonehill me vendeu o pônei por dezoito dólares. O negro ferrador foi buscar o animal e trouxe ele num cabresto, depois limou os cascos e pregou as ferraduras. Eu desembaracei os nós e escovei ele todinho. Era alegre e muito vivo, mas não arisco, e se submeteu ao tratamento sem tentar morder ou dar coices na gente.

Pus os arreios, mas não foi fácil pra mim erguer a sela do pai, então pedi pro ferrador selar. O homem se ofereceu pra montar primeiro. Eu disse que achava que dava conta do recado. Montei com presteza. Little Blackie ficou sem reagir por um minuto ou dois e então me pegou de surpresa e escoiceou duas vezes, descendo com tudo sobre as patas dianteiras bem esticadas, dando um solavanco brusco no meu "osso do pai joão" e no pescoço. Eu teria sido atirada ao chão caso não tivesse agarrado o cepilho da sela e um punhado de crina. Não dava pra conseguir apoio em nenhuma outra coisa, os estribos estando muito abaixo dos meus pés. O ferrador riu, mas eu estava pouco me lixando pra compostura ou pras aparências. Acariciei o pescoço de Blackie e conversei baixinho com ele. Ele não escoiceou outra vez, mas também não saiu do lugar.

"Ele não sabe o que fazer com um cavaleiro levinho igual a você", disse o homem. "Acha que é uma mutuca no lombo dele."

Ele segurou as rédeas perto da boca do pônei e o convenceu a andar. Fez ele dar umas voltas ali mesmo dentro da grande estrebaria por alguns minutos, daí abriu uma das portas e o conduziu para fora. Tive medo de que com a luz do dia e o vento frio Blackie ficasse ouriçado outra vez, mas não, eu tinha arranjado um novo "amigo do peito".

O ferrador soltou as rédeas e saiu com o pônei pela rua enlameada para um passeio. Como não sabia reagir muito bem às rédeas, ele sacudiu a cabeça de um lado para o outro um pouco. Levou um tempo pra eu conseguir fazer ele dar meia-volta. Ele já tinha sido montado antes, eu deduzi, só que isso já fazia um bocado de tempo. Mas logo se adaptou bem. Cavalguei com ele pela cidade até começar a suar levemente.

Quando voltei à estrebaria, o ferrador disse, "Ele não é tão ruim, é?"

Eu disse, "Não, é um ótimo pônei".

Ajustei os estribos o mais alto que dava e o ferrador desarreou Little Blackie e pôs ele numa baia. Dei pra ele um pouco de milho, mas só uma quantidade pequena, porque fiquei com medo de que passasse mal comendo demais o rico grão. Stonehill praticamente só dava feno pros pôneis.

Estava ficando tarde. Fui rápido pra vendinha do Lee, muito orgulhosa da minha montaria e cheia de empolgação, pensando na jornada do dia seguinte. Meu pescoço estava doendo dos trancos que eu tinha levado, mas isso era um aborrecimento menor, considerando a aventura que me esperava.

Entrei pela porta dos fundos sem bater e encontrei o Rooster sentado à mesa com o tal do LaBoeuf. Eu tinha me esquecido dele.

"O que cê tá fazendo aqui?", disse eu.

"Salve", disse LaBoeuf. "Estou tendo uma palavrinha aqui com o agente. Ele não foi pra Little Rock, afinal de contas. É conversa de negócios."

Rooster estava comendo doce. Ele disse, "Senta, maninha, e prova um pedaço de puxa-puxa. O papagaio aí se chama LaBoeuf. Disse que é um State Ranger lá no Texas. Tá aqui pra conversar sem rodeios".

Eu disse, "Eu sei quem ele é".

"Ele diz que está no encalço do nosso homem. Quer entrar pra empreitada com a gente."

"Eu sei o que ele quer e já falei pra ele que a gente não tá interessado na ajuda dele. Veio aqui pelas minhas costas."

"O que foi?", disse Rooster. "Qual é o problema?"

"Problema nenhum, tirando os que ele mesmo traz", disse eu. "Ele fez uma proposta e eu recusei. Só isso. A gente não precisa dele."

"Sei, bom, ele pode vir a calhar", disse Rooster. "Não vai custar nada pra nós. Ele tem um rifle Sharps de calibre grande pro caso da gente ser atacado por búfalos ou por elefantes. Diz que sabe usar. Por mim ele pode ir. A gente pode topar com alguma encrenca da grossa."

"Não, a gente não precisa dele", disse eu. "Já falei isso pra ele. Consegui um cavalo pra mim e tenho tudo pronto. Já cuidou das suas coisas?"

Rooster disse, "Tirando a boia, tudo prontinho. O chefe quis saber quem preencheu aqueles papéis. Disse que ia pôr você pra trabalhar por um bom salário se quisesse o emprego. A mulher do Potter tá arrumando as provisões. Não é o que eu chamo de uma cozinha de primeira, mas é bastante boa, e ela precisa do dinheiro".

LaBoeuf disse, "Acho que errei de homem. Deixa uma garotinha fustigar você, Cogburn?"

Rooster virou o olho direito impassível para o texano. "Você disse fustigar?"

"Fustigar", disse LaBoeuf. "A palavra foi essa."

"Quem sabe você não estava interessado em ver alguém fustigado pra valer."

"Não tem ninguém fustigando ninguém por aqui", disse eu. "O agente trabalha pra mim. Eu tô pagando."

"Quanto tá pagando pra ele?", perguntou LaBoeuf.

"Isso não é assunto que lhe diga respeito."

"Quanto a menina tá pagando pra você, Cogburn?"

"Pagando o suficiente", disse Rooster.

"Está pagando quinhentos dólares?"

"Não."

"Isso é o que o governador do Texas ofereceu pelo Chelmsford."

"Não me diga", disse Rooster. Ele matutou um pouco. Então disse, "Bom, parece ótimo, mas já tentei receber recompensa de governo antes, e também de estrada de ferro. Eles mentem pra você mais rápido do que um homem consegue. Pode se considerar um felizardo se receber metade do que disseram. Às vezes você não recebe é nada. De qualquer jeito, parece estranho. Quinhentos dólares é coisa nenhuma pra um sujeito que matou um senador."

"Bibbs era um senador dos miúdos", disse LaBoeuf. "Nem iam oferecer nada se isso não pegasse muito mal."

"Quais as condições?", disse Rooster.

"Pagamento na condenação."

Rooster ruminou um pouco sobre isso. Disse, "Pode ser que a gente tenha que matar ele".

"Não se a gente tomar cuidado."

"Mesmo que a gente não mate, pode ser que ele não seja condenado", disse Rooster. "E mesmo que seja, na altura em que for, vai estar assim de policial texano espertalhão por lá reivindicando o dinheiro. Acho que vou continuar com a maninha."

"Você ainda não ouviu a melhor parte", disse LaBoeuf. "A família Bibbs ofereceu mil e quinhentos dólares por Chelmsford."

"Mas foi mesmo?", disse Rooster. "Nas mesmas condições?"

"Não, as condições são as seguintes: é só entregar Chelmsford pro xerife de McLennan County, Texas. Não ligam se vivo ou morto. Pagam assim que for identificado."

"Isso está mais do meu gosto", disse Rooster. "Como você imagina dividir o dinheiro?"

LaBoeuf disse, "Se a gente pegar ele com vida, eu racho os mil e quinhentos meio a meio com você e reclamo a recompensa do governo pra mim. Se a gente tiver que matar ele, eu lhe dou um terço do dinheiro dos Bibbs. Isso dá quinhentos dólares".

"Você está fazendo tenção de ficar com o dinheiro do governo todo pra si?"

"Empenhei quase quatro meses nessa empreitada. Acho que fiz por merecer."

"A família vai mesmo pagar?"

LaBoeuf respondeu, "Vou ser franco e dizer que os Bibbs não são de abrir a mão. O capim gruda neles mais que cólera num crioulo. Mas acho que vão ter que pagar. Deram declarações em público e puseram anúncio no jornal. Um dos filhos, Fatty Bibbs, está querendo concorrer pra cadeira do homem em Austin. Ele vai ser obrigado a pagar".

Ele tirou os anúncios de recompensa e os recortes de jornal do casaco de veludo e espalhou sobre a mesa. Rooster ficou olhando aquilo por um tempo. Disse, "Explica pra mim qual é a sua objeção, maninha. Tá querendo me impedir de ganhar um dinheiro extra?"

Eu disse, "Esse homem quer levar o Chaney de volta pro Texas. Isso não é o que eu quero. Não foi esse o nosso combinado".

Rooster disse, "A gente vai pegar ele do mesmo jeito. O que você quer é ver ele preso e punido. A gente ainda está planejando fazer isso".

"Eu quero que ele saiba que está sendo punido por ter matado meu pai. Tanto faz pra mim quantos cachorros e quantos balofos ele matou lá no Texas."

"Você mesma pode dizer isso pra ele", falou Rooster. "Pode dizer na cara dele. Pode cuspir nele e fazer ele comer a areia da estrada. Pode meter uma bala no pé dele que eu seguro enquanto faz isso. Mas a gente precisa pegar ele primeiro. Vai precisar de ajuda. Você tá sendo uma cabeça-dura nisso. Você é jovem. Já tá na hora de aprender que não dá pra fazer as coisas do seu jeito em cada pormenor. As outras pessoas também têm seus interesses."

"Quando eu compro alguma coisa, eu quero que seja do meu jeito. Pra que acha que eu tô pagando o senhor se não é pra fazer do meu jeito?"

LaBoeuf disse, "Ela não vai junto, de qualquer jeito. Não entendo essa conversa. Não tem sentido. Não estou acostumado a consultar criança pra cuidar dos meus negócios. Vai logo pra casa, sua espevitada, sua mãe precisa de você".

"Vai pra casa você", disse eu. "Ninguém mandou vir aqui, você e essas suas esporas gigantes."

"Eu falei que ela podia ir", afirmou Rooster. "Eu cuido dela."

"Não", disse LaBoeuf. "Ela vai atrapalhar."

Rooster disse, "Você tá dando um bocado de palpite."

LaBoeuf disse, "Ela não vai acrescentar nada além de problema e confusão. Sabe tão bem quanto eu. Para e pensa. Ela tá atrapalhando suas ideias, com esse jeitinho impertinente dela".

Rooster disse, "Quem sabe eu não pego esse Chaney eu mesmo e fico com todo o dinheiro?"

LaBoeuf considerou isso. "Você pode até entregar o homem", falou. "Mas eu ia providenciar pra que não recebesse um tostão por isso."

"Como ia fazer uma coisa dessas, papagaio?"

"Eu ia questionar seu direito. Turvar um pouco a água. Eles não precisam de muita coisa pra voltar atrás. Quando tudo terminar, pode ser que apertem sua mão e digam 'Deus lhe pague', ou talvez nem isso."

"Se fizer isso, eu acabo com a sua raça", disse Rooster. "Em que ia lucrar?"

"E você, em quê?", disse LaBoeuf. "E eu não contaria muito em ser capaz de levar a melhor pra cima de alguém que eu não conheço."

"Pode apostar que levo a melhor pra cima de você", disse Rooster. "Ainda tô pra ver um texano capaz de levar a melhor pra cima de mim. Encrespa comigo, LaBoeuf, e vai pensar que uma parede de tijolos caiu na sua cabeça. Cê ia preferir estar no Álamo com o Travis."

"Enfia a mão nele, Rooster", disse eu.

LaBoeuf riu e disse, "Olha só ela aí tentando fustigar você outra vez. Escuta, pra mim já chega de discussão. Vamos voltar aos negócios. Você fez o melhor que pôde pra agradar essa mocinha, mais do que a maioria faria, e mesmo assim ela continua do contra. Manda ela tomar o rumo dela. A gente pega o homem que ela quer. Foi esse seu acordo. E se alguma coisa acontecer com ela? Já pensou a respeito? A família vai pôr a culpa em você e pode ser que a lei tenha alguma coisa a dizer também. Por que não pensa em si mesmo? Acha que ela está preocupada com os seus interesses? Ela está usando você. Precisa ser firme".

Rooster disse, "Eu odiaria ver alguma coisa acontecer com ela".

"Você está pensando no dinheiro da recompensa", disse eu. "É um tiro no escuro. Tudo que ouviu do LaBoeuf é conversa e eu paguei em dinheiro vivo. Se acreditar numa palavra do que ele diz, vou achar que não tem muito juízo aí nessa cabeça. Olha só esse sorrisinho dele. Ele vai tapear você."

Rooster disse, "Preciso pensar um pouco em mim mesmo também, maninha".

Eu disse, "Bom, o que vai fazer? Não pode carregar água nos dois ombros".

"A gente pega seu homem", disse ele. "Isso é o principal."

"Me devolve aqui os vinte e cinco dólares. Vai passando."

"Eu gastei."

"Seu infeliz imprestável!"

"Vou tentar devolver tudo pra você. Eu mando pra você."

"Isso é uma tremenda duma conversa mole! Se acha que vai me tapear desse jeito, tá muito enganado! Essa não foi a última vez que ouviu falar de Mattie Ross, ainda vai se haver comigo!"

Eu estava tão furiosa que podia ter arrancado minha própria língua com uma dentada. O gato Sterling Price percebeu meu estado de espírito, dobrou as orelhas pra trás e saiu da minha frente, guardando uma boa distância.

Acho que posso ter chorado um pouco, mas a noite estava fria, e no momento em que cheguei à Monarch minha raiva esfriara a um ponto em que consegui pensar direito e fazer planos. Não havia tempo suficiente pra conseguir outro detetive. O dr. Daggett logo ia aparecer à minha procura, provavelmente no dia seguinte, o mais tardar. Pensei em prestar queixa ao chefe dos federais. Não, haveria tempo para isso mais tarde. Eu faria com que o dr. Daggett esfolasse Rooster Cogburn e pregasse seu couro asqueroso na parede. O mais importante era não perder de vista meu objetivo, que era pegar Tom Chaney.

Jantei e depois comecei a arrumar minhas coisas. Eu mandara a sra. Floyd preparar um pouco de bacon e pãezinhos e montar pequenos sanduíches com eles. Mas não tão pequenos quanto seria de se esperar, pois um pãozinho dela dava dois dos da mãe. Só que bem achatado, já que ela economizava no fermento. Também comprei um pedaço pequeno de queijo com ela e um pouco de pêssego seco. Guardei tudo num saco.

A sra. Floyd estava ardendo de curiosidade e falei pra ela que eu ia atravessar o Território com uns agentes federais pra fazer o reconhecimento de um homem que eles tinham prendido. Isso não satisfez a mulher de jeito nenhum, mas aleguei não saber dos detalhes. Falei que provavelmente ficaria fora por vários dias e que, se minha mãe e o dr. Daggett perguntassem alguma coisa (uma certeza), era pra ela tranquilizá-los quanto a minha segurança.

Enrolei as mantas com o saco de provisões dentro, depois embrulhei o rolo com o oleado e prendi tudo com um pouco de barbante. Pus o casaco pesado do pai por cima do meu próprio casaco. Precisei dobrar os punhos da manga. Meu chapéu pequeno não era tão grosso e quente como o dele, então eu troquei. Claro que era grande demais, por isso precisei dobrar umas páginas do *New Era* e enfiar dentro da faixa interna para deixar mais justo. Peguei minha trouxa e meu saco com a arma e fui para a estrebaria.

Stonehill estava de saída quando eu cheguei. Ele cantava o hino *Beulah Land* num baixo profundo. Esse é um dos meus favoritos. Parou de cantar quando me viu.

"Você outra vez", disse. "Alguma queixa sobre o pônei?"

"Não, estou muito contente com ele", disse eu. "Little Blackie é meu 'camarada'."

"Um freguês satisfeito alegra o coração."

"Parece que o senhor se animou um pouco desde a última vez."

"É, estou um pouco melhor. Ricardo voltou a ser ele mesmo. Ou o será antes que a semana chegue ao fim. Está de partida?"

"Vou embora amanhã de manhã bem cedo e pensei que talvez pudesse ficar o resto da noite na estrebaria do senhor. Não vejo motivo pra pagar um pernoite inteiro pra sra. Floyd só por algumas horas de sono."

"De fato, é sem cabimento."

Ele me conduziu para dentro da estrebaria e disse ao vigia que não haveria problema eu passar a noite no beliche do escritório. O vigia era um homem velho. Ele me ajudou a bater a colcha empoeirada que havia no beliche. Fui dar uma olhada em Little Blackie em sua baia e me certifiquei de que estava tudo preparado. O vigia me acompanhou o tempo todo.

Eu disse pra ele, "Foi o senhor que teve os dentes quebrados?"

"Não, esse foi o Tim. Os meus foram arrancados pelo dentista. Ele dizia que era dentista."

"E o senhor, quem é?"

"Toby."

"Queria que o senhor fizesse uma coisa."

"O que cê tá tramando?"

"Não posso discutir esse assunto. Aqui tem uma moeda. Faltando duas horas pro sol nascer, quero que o senhor alimente esse pônei. Dá pra ele uma porção dupla de aveia e mais ou menos a mesma quantidade de milho, só que não passa disso, junto com um pouco de feno. Providencia água suficiente. Quando faltar uma hora pro sol nascer, quero que me acorde. Depois que tiver feito isso, põe essa sela e esses arreios no pônei. Entendeu tudo direitinho?"

"Não sou estúpido, sou velho, só isso. Tratei de cavalo durante cinquenta anos."

"Então sei que vai fazer um bom trabalho. Tem algum negócio pra resolver no escritório hoje à noite?"

"Não consigo pensar em nada."

"Se tiver, cuida disso agora."

"Não tem nada que eu precise fazer aí dentro."

"Ótimo. Vou fechar a porta e não quero nenhum entra e sai enquanto estou tentando dormir."

Dormi bastante bem, embrulhada na colcha. O fogo no fogão do escritório tinha sido apagado, mas o ambiente pequeno não estava frio a ponto de ficar muito desconfortável. Toby, o vigia, cumpriu sua palavra e me acordou na escuridão fria antes do alvorecer. Levantei e abotoei as botas num segundo. Enquanto Toby selava o cavalo, eu me lavei, usando um pouco da água que ele tinha aquecido para o café pra quebrar o gelo de um balde de água gelada.

Me ocorreu que eu devia ter deixado um sanduíche de bacon fora da trouxa para o café da manhã, mas a pessoa nunca consegue pensar em tudo. Eu não queria abrir o saco naquele momento. Toby me deu um pouco do mingau de farelo de milho que ele tinha esquentado.

"Não tem um pouquinho de manteiga pra pôr nisso aqui?", perguntei pra ele.

"Não", ele disse, e tive de comer puro. Amarrei meu rolo atrás da sela como eu tinha visto o pai fazer e verifiquei duas vezes se estava bem preso.

Não consegui pensar em nenhum lugar bom pra carregar a pistola. Eu queria a arma de prontidão ao meu alcance, mas o cinturão era grande demais em volta de mim e a própria pistola era grande e pesada demais pra poder enfiar na cintura do meu jeans. No fim amarrei a boca do saco com a arma no cepilho da sela, dando um bom nó mais ou menos do tamanho de um ovo de peru.

Tirei Little Blackie da baia e montei. Ele estava um pouco nervoso e arisco, mas não escoiceou. Toby apertou a cilha outra vez depois que eu estava montada.

Disse, "Pegou tudo?"

"Peguei, acho que estou pronta. Abre a porta, Toby, e me deseja boa sorte. Estou indo pra Nação Choctaw."

Ainda estava escuro lá fora e fazia um frio dos diabos, mas felizmente quase não ventava. Por que sempre é calmo no começo da manhã? A gente nota que os lagos geralmente ficam tranquilos e lisos antes do dia nascer. A lama gelada e sulcada das ruas fazia Little Blackie andar com hesitação em suas ferraduras novas. Ele bufava e sacudia a cabeça de vez em quando, como que tentando olhar pra mim. Eu conversava com ele, dizendo coisas bobinhas.

Só vi umas cinco ou seis pessoas na rua quando eu descia a Garrison Avenue, indo rápido de um lugar quente para outro. Dava para ver pelas janelas os lampiões sendo acesos conforme o bom povo de Fort Smith começava a se arrumar para o novo dia.

Quando cheguei ao cais da balsa, no rio, apeei e esperei. Tive de me mexer e dançar de um lado pro outro pra não ficar dura de frio. Tirei o enchimento de jornal de dentro da fita e enterrei o chapéu até cobrir as orelhas. Eu não tinha luva, então desenrolei as mangas do casaco do pai para cobrir as mãos.

Tinha dois homens operando a balsa. Quando ela chegou à minha margem e desembarcou um homem a cavalo, um dos balseiros me cumprimentou.

"Vai 'travessar?", disse.

"Tô esperando uma pessoa", disse eu. "Quanto é a passagem?"

"Dez cents o cavalo e o cavaleiro."

"O senhor viu o agente federal Cogburn essa manhã?"

"Tá falando do Rooster Cogburn?"

"Esse mesmo."

"A gente ainda não viu."

Havia poucos passageiros àquela hora, mas assim que apareciam um ou dois a balsa saía. Parecia não ter horário, funcionando de acordo com a procura do serviço, mas de qualquer jeito a travessia não era das mais longas. Quando o alvorecer cinzento chegou, comecei a enxergar blocos de gelo boiando na correnteza do rio.

A barca fez pelo menos duas viagens antes de Rooster e LaBoeuf aparecerem e se aproximarem descendo pela margem em direção à plataforma de embarque. Eu tinha começado a me preocupar que pudesse ter perdido os dois. Rooster vinha montado num grande garanhão baio com mais de um metro e sessenta de cernelha, e LaBoeuf, num pônei boiadeiro peludo não muito maior do que o meu.

Sim senhor, eram uma visão e tanto com suas armas. Os dois estavam usando os cinturões em torno do casaco, e LaBoeuf fazia uma figura esplêndida com as pistolas de coronha branca e as esporas mexicanas. Rooster vestia uma jaqueta de camurça por cima do casacão preto. Carregava só um revólver no cinturão, uma arma de aspecto comum com cabo de cedro ou alguma outra madeira avermelhada. Do outro lado, o direito, ele trazia um punhal. O cinturão dele não era enfeitado como o de LaBoeuf, só um cinto liso e estreito sem cartucheiras. Ele carregava seus cartuchos em um saco no bolso. Mas também tinha mais dois revólveres em coldres de sela perto das coxas. Eram pistolas grandes como a minha. Os dois homens da lei também portavam espingardas nas selas: Rooster, um rifle de repetição Winchester, e LaBoeuf, uma arma chamada rifle Sharps, um tipo que eu nunca tinha visto. Meu pensamento foi o seguinte: *Chaney, se cuida!*

Os dois desmontaram e puxaram os cavalos para a balsa, que subiram num estrépito de cascos, e eu segui a uma distância curta. Não disse nada. Não estava tentando me esconder, mas também não queria fazer nada pra chamar a atenção sobre minha pessoa. Levou um minuto ou dois até Rooster me reconhecer.

"Ora essa, não é que a gente tem companhia?", disse ele.

LaBoeuf ficou furioso. "Será que você não consegue enfiar um pouco de juízo nessa cabeça?", falou pra mim. "Desce já do barco. Tá achando que vai com a gente?"

Eu respondi, "Essa balsa é livre pra quem quiser tomar. Eu paguei minha passagem".

LaBoeuf levou a mão ao bolso e tirou um dólar de ouro. Deu a moeda para um dos balseiros e disse, "Slim, leva essa menina pra cidade e apresenta ela pro xerife. É uma fugitiva. A família dela tá morrendo de preocupação. Tem uma recompensa de cinquenta dólares pra quem entregar".

"Isso é conversa fiada", disse eu.

"Vamos perguntar pro agente federal aqui", disse LaBoeuf. "Então, policial?"

Rooster disse, "Isso mesmo, melhor levar a menina. Ela é uma fugitiva, pode apostar. O nome dela é Ross e veio de Yell County. O xerife publicou um anúncio procurando".

"Eles tão juntos nessa mentira", disse eu. "Tenho um assunto pra resolver do outro lado do rio e, se interferir comigo, Slim, pode terminar num tribunal, que é um lugar onde não ia querer estar. Eu tenho um bom advogado."

Mas aquele varapau traiçoeiro do inferno não deu a mínima pros meus protestos. Puxou meu pônei de volta pro cais e a barca se afastou sem mim. Eu disse, "Não vou subir o barranco a pé". Montei Little Blackie e o balseiro puxou a gente ribanceira acima. "Peraí, só um minuto." Ele disse, "O que foi?" Eu disse, "Tem um negócio errado com meu chapéu". Ele parou e virou. "Seu chapéu?", ele perguntou. Eu tirei da cabeça e bati na cara dele com o chapéu umas duas ou três vezes até ele soltar as rédeas. Daí recuperei as rédeas e fiz Little Blackie dar meia-volta e descer o barranco a toda. Eu não tinha esporas pra espicaçar o flanco dele, mas o chapéu funcionou muito bem.

Cerca de cinquenta metros abaixo do atracadouro o rio estreitava e eu rumei nessa direção, chispando como um raio através do banco de areia. Instiguei Blackie o tempo todo com meu chapéu, com medo de que ele pudesse refugar por causa da água, e eu não queria dar chance pra que pudesse pensar a respeito. Chegamos ao rio a toda velocidade, e Blackie bufou e arqueou as costas com a água gelada, mas assim que se viu dentro, nadou como se tivesse nascido pra fazer aquilo. Eu encolhi as pernas atrás do corpo e me agarrei no cepilho da sela, deixando Blackie se conduzir sozinho com as rédeas soltas. Fiquei consideravelmente molhada.

O ponto de travessia foi uma má escolha, porque o trecho mais estreito de um rio é sempre o mais fundo, e é onde a correnteza é mais forte e as margens são mais íngremes, mas essas coisas não me ocorreram naquele momento; o mais curto pareceu o melhor. Saímos do outro lado um pouco mais abaixo no rio; como eu disse, a ribanceira era mais íngreme e Blackie sofreu um pouco pra subir.

Quando nos vimos no topo e a salvo, puxei a rédea e Little Blackie deu uma bela sacudida no corpo pra se secar. Rooster, LaBoeuf e o balseiro estavam olhando pra nós lá da barca. A gente tinha ultrapassado eles. Fiquei onde estava. Quando desembarcaram, LaBoeuf me saudou, dizendo, "Volta já, tô mandando!" Não respondi. Ele e Rooster trocaram uma ideia.

O jogo deles logo ficou claro. Montaram rápido e partiram a galope com a intenção de me deixar pra trás. Que plano mais idiota, pôr para competir cavalos tão sobrecarregados de homens e tralhas contra um pônei com a carga tão leve quanto Blackie!

Nosso curso foi noroeste pela estrada Fort Gibson, se é que dava pra chamar aquilo de estrada. Ali era a Nação Cherokee. Little Blackie avançava numa passada dura, um trote doloroso, e eu o fiz acelerar e depois diminuir até ele adquirir um ritmo, uma espécie de galope que não fosse tão irregular. Era um belo pônei, cheio de vida. Gostava de estar ao ar livre, dava pra perceber.

Seguimos nesse caminho por uns três quilômetros ou mais, Blackie e eu ficando cerca de cem metros para trás dos homens da lei. Rooster e LaBoeuf finalmente viram que não estavam ganhando terreno algum e diminuíram a marcha até apenas andar com os cavalos. Fiz a mesma coisa. Após mais um ou dois quilômetros eles pararam e apearam. Parei também, mantendo distância, e continuei na sela.

LaBoeuf gritou, "Vem aqui! A gente quer conversar com você!"

"Pode falar daí mesmo!", respondi. "O que vocês querem falar?"

Os dois agentes tiveram outra conversa.

Daí LaBoeuf gritou para mim outra vez, dizendo, "Se você não fizer meia-volta agora mesmo, vai levar uma surra!"

Não respondi.

LaBoeuf pegou uma pedra e jogou em minha direção. Caiu a uns cinquenta metros.

Eu disse, "Isso foi a coisa mais idiota que eu já vi na vida!"

LaBoeuf disse, "É isso que você quer, levar uma surra?"

Eu disse, "Você não vai dar surra em ninguém!"

Eles conversaram mais um pouco entre si, mas ao que parece não chegaram a nenhum acordo e depois de um tempo partiram novamente, dessa vez num trote confortável.

Havia poucos viajantes pela estrada, só um índio aqui e ali montado no lombo de um cavalo ou mula, ou alguma família numa carruagem de molas. Devo admitir que senti um pouco de medo deles, embora não fossem, como vocês podem imaginar, comanches selvagens com o rosto pintado e trajes exóticos, mas antes creeks, cherokees e choctaws civilizados do Mississippi e do Alabama que haviam sido donos de escravos e lutado pela Confederação e que usavam roupas compradas em lojas. Nenhum deles com ar sombrio ou grave. Achei-os mais para animados, conforme acenavam com a cabeça e cumprimentavam.

De tempos em tempos eu perdia Rooster e LaBoeuf de vista, quando ultrapassavam um aclive ou contornavam um arvoredo, mas apenas brevemente. Não receei nem um pouco que pudessem escapar de mim.

Agora me deixem dizer umas palavrinhas sobre a região. Algumas pessoas acham que o atual estado de Oklahoma não passa de planícies sem árvores. Estão enganadas. A parte leste (onde estávamos viajando) é cheia de morros e razoavelmente bem-arborizada, com carvalhos estrelados, carvalhos *blackjack* e uns arbustos de espécie similar. Um pouco mais ao sul tem um bocado de pinheiros também, mas ao longo do caminho ali nessa época do ano o único verde à vista eram amontoados de cedros, azevinhos solitários e uns poucos ciprestes altos nos aluviões. Mesmo assim, havia clareiras, pequenos prados e pradarias, e do alto daquelas colinas baixas em geral dava para enxergar uma boa distância.

Então aconteceu o seguinte: eu sonhava acordada em cima do pônei em vez de ficar alerta e, quando cheguei ao topo de uma elevação, dei com a estrada abaixo de mim deserta. Cutuquei o disposto Blackie com meus calcanhares. Os dois homens da lei não podiam estar muito longe. Eu sabia que andavam tramando algum "ardil".

No pé da colina havia um bosque e um regato raso. Eu não esperava de jeito nenhum que estivessem ali. Pensei que haviam disparado na frente. Assim que as patas de Blackie tocaram a água, Rooster e LaBoeuf surgiram dos arbustos montados em seus cavalos. Estavam bem no meu caminho. Little Blackie empinou e eu quase caí.

LaBoeuf pulou do cavalo antes que desse pra dizer "Jack Robinson" e foi para o meu lado. Ele me puxou da sela e me jogou no chão, de bruços. Torceu meu braço pra trás e pressionou o joelho nas minhas costas. Eu me debati e lutei, mas o grande texano era demais para mim.

"Agora a gente vai ver que melodia você canta", disse ele. Quebrou um ramo de um arbusto de salgueiro e começou e erguer uma das pernas da minha calça acima da bota. Eu chutava com toda fúria pra ele não conseguir puxar a perna da calça.

Rooster continuava no cavalo dele. Ficou ali sentado na sela, enrolando um cigarro e assistindo. Quanto mais eu chutava, mais forte LaBoeuf pressionava o joelho, e não demorou pra eu aceitar que o jogo tinha terminado. Parei de me debater. LaBoeuf desferiu umas vergastadas doídas com sua vara. Disse, "Vou deixar sua perna em carne viva."

"Pois que tire bom proveito!", disse eu. Comecei a chorar, não pude evitar, só que mais de raiva e vergonha do que de dor. Disse pro Rooster, "Vai deixar ele fazer isso?"

Ele largou o cigarro no chão e disse, "Não, acho que não vou não. Põe essa vara pra lá, LaBoeuf. Ela levou a melhor em cima da gente".

"Em cima de mim é que não levou a melhor", respondeu o Ranger.

Rooster disse, "Agora já chega, eu disse".

LaBoeuf fingiu que não ouviu.

Rooster ergueu a voz e disse, "Larga já essa vara, LaBoeuf! Não ouviu eu falar com você?"

LaBoeuf parou e olhou pra ele. Então disse, "Eu vou continuar o que eu comecei".

Rooster sacou o revólver de coronha de cedro, engatilhou com o polegar e baixou apontando para LaBoeuf. Disse, "Vai ser o maior erro que você já cometeu, seu matuto texano".

LaBoeuf jogou a vara longe, com ódio, e ficou de pé. Disse, "Você ficou do lado dela nessa história o tempo todo, Cogburn. Mas não tá fazendo nenhum bem pra ela nesse caso. Acha que está agindo da forma correta? Eu posso dizer pra você, o que você tá fazendo tá errado".

Rooster disse, "Agora chega. Monta no cavalo".

Eu limpei a sujeira das minhas roupas e lavei as mãos e o rosto na água fria do rio. Little Blackie estava bebendo um pouco no regato. Eu disse, "Escutem só, pensei num negócio. Esse 'ardil' que vocês dois armaram pra cima de mim me deu uma ideia. Quando a gente encontrar o Chaney, vai ser um bom plano se a gente sair de trás de um arbusto, acertar ele na cabeça com uns pedaços de pau e deixar ele desmaiado. Daí a gente pode amarrar as mãos e os pés dele com uma corda e trazer ele com vida. O que vocês acham?"

Mas Rooster estava furioso e só disse, "Sobe logo no seu cavalo".

A gente retomou a jornada num silêncio pensativo, os três cavalgando juntos e se embrenhando cada vez mais fundo no Território, com que finalidade eu desconhecia.

A hora de comer veio, passou e a gente sempre cavalgando. Estava faminta e dolorida, mas mantive o ritmo, porque sabia que os dois só estavam esperando eu me queixar ou dizer qualquer coisa pra me taxar de "frouxa". Eu estava determinada a não dar nenhuma brecha pra eles fazerem pouco de mim. Flocos grandes e úmidos de neve começaram a cair, daí mudou pra uma garoa fraca, depois parou completamente e o sol saiu. Dobramos à esquerda na estrada Fort Gibson e fomos para o sul, descendo na direção do rio Arkansas. Eu disse "descendo". Mas o sul é tão "embaixo" quanto o norte é "em cima". Já vi mapas em posse de emigrantes indo para a Califórnia que mostravam o oeste no alto e o leste embaixo.

O lugar onde a gente parou era uma venda na margem do rio. Atrás dela tinha uma pequena balsa.

A gente apeou e amarrou os cavalos. Minhas pernas estavam formigando e fracas, e cambaleei um pouco quando andei. Nada melhor para tirar o vigor da pessoa do que uma longa viagem a cavalo.

Uma mula preta estava amarrada na varanda da loja. Tinha uma corda de algodão em torno do pescoço, logo abaixo da queixada. O sol fizera o cordel úmido secar e retesar, e a mula arfava e tentava respirar. Quanto mais ela puxava, pior era. Dois rapazes perversos estavam sentados na beira da varanda, rindo com o sofrimento do animal. Um era branco e o outro era índio. Ambos tinham cerca de dezessete anos de idade.

Rooster cortou a corda com seu punhal e a mula respirou com facilidade outra vez. A besta agradecida se afastou sacudindo a cabeça. Um toco de cipreste servia de degrau para a varanda. Rooster subiu na frente, foi na direção dos rapazes e com a sola da bota derrubou os dois na lama. "Chamam isso de diversão, é?", disse ele. Os dois levaram um susto que só vendo.

 O dono da venda era um sujeito chamado Bagby, com uma esposa índia. Eles já tinham jantado, mas a mulher esquentou um pouco do bagre que havia sobrado pra nós. LaBoeuf e eu sentamos numa mesa perto do fogão e comemos enquanto Rooster conferenciava com o tal do Bagby nos fundos da loja.

 A mulher índia falava um bom inglês e qual não foi minha surpresa quando descobri que ela também era presbiteriana. Tinha sido educada por um missionário. Que pregadores a gente tinha naqueles tempos! Levavam mesmo a palavra "pelos caminhos e trilhas". A sra. Bagby não era uma presbiteriana Cumberland, mas era da Igreja Presbiteriana Sulista, ou dos Estados Unidos. Hoje eu também sou membro da Igreja Sulista. Não tenho nada contra os Cumberlands. Eles romperam com a Igreja Presbiteriana porque não acreditavam que um pregador precisasse de muita instrução formal. Até aí tudo bem, mas eles questionam a Predestinação. Não a aceitam integralmente. Confesso que é uma doutrina difícil, indo de encontro aos nossos conceitos terrenos de equidade, mas não consigo ver como contorná-la. Leia I Coríntios 6: 13 e II Timóteo 1: 9-10. Também I Pedro 1: 2, 19, 20 e Romanos 11: 7. Aí está. Se foi boa para Paulo e Silas, é boa o bastante pra mim. E é boa o bastante pra vocês também.

 Rooster terminou sua conversa e se juntou a nós em nossa refeição de peixe. A sra. Bagby embrulhou um pouco de bolo de gengibre pra que eu levasse comigo. Quando saímos novamente para a varanda, Rooster deu um pontapé nos dois rapazes outra vez.

 Disse, "Onde tá o Virgil?"

 O rapaz branco disse, "Ele e o sr. Simmons desceram lá pros baixios pra procurar um animal extraviado".

 "Quem tá cuidando da balsa?"

 "Eu e o Johnny."

"Vocês não parecem com miolo suficiente pra cuidar de uma barca. Nem um nem outro."

"A gente sabe como fazer."

"Então vão levar a gente."

"O sr. Simmons vai querer saber quem desprendeu a mula dele", disse.

"Diz pra ele que foi o sr. James, um fiscal bancário de Clay County, Missouri", disse Rooster. "Consegue lembrar do nome?"

"Sim, senhor."

Conduzimos nossas montarias até a beira d'água. A balsa estava mais pra uma jangada, um troço precário fazendo água, e os cavalos relincharam e empacaram quando tentamos obrigá-los a subir a bordo. Não pude culpá-los. LaBoeuf precisou vendar o pônei felpudo. Mal havia espaço pra todos nós.

Antes de zarpar, o rapaz branco disse, "O senhor falou James?"

"Esse é o nome", disse Rooster.

"Ouvimos dizer que os irmãos James são uns sujeitos mirrados."

"Um deles ganhou peso", disse Rooster.

"Não acredito que o senhor seja o Jesse ou o Frank James, nenhum dos dois."

"A mula não vai longe", disse Rooster. "Vê se toma tento, rapaz, ou eu vou voltar numa noite escura e cortar sua cabeça fora, e deixar pros corvos beliscarem seus olhos. Agora você e o Almirante Semmes aí atravessem a gente por esse rio, e é bom que seja rápido, diacho."

Uma névoa fantasmagórica pairava sobre a superfície da água e nos engolfou, chegando perto da cintura de um homem adulto, conforme empurramos a balsa. Por mais cruéis e broncos que fossem, os dois rapazes manuseavam a barca com considerável habilidade. Eles puxavam e nos conduziam ao longo de uma pesada corda que estava bem presa a árvores em ambas as margens. Atravessamos o curso d'água descrevendo uma curva rio abaixo, com a correnteza executando a maior parte do serviço. Nossos pés molharam e fiquei feliz de descer daquela coisa.

A estrada que a gente tomou na margem sul não era muito mais que uma trilha de porcos. O matagal fazia um arco e se fechava sobre nós, e os galhos ficavam batendo e espetando conforme passávamos. Eu ia por último e acho que o pior sobrava pra mim.

O que o Rooster ficou sabendo com o tal do Bagby foi o seguinte: Lucky Ned Pepper fora avistado três dias antes no armazém de McAlester junto aos trilhos da Katy, a M. K. & T. Railroad. Não se sabia de suas intenções. Ele ia lá de tempos em tempos visitar uma mulher dissoluta. Um ladrão chamado Haze e um mexicano tinham sido vistos em sua companhia. E isso era tudo o que o homem sabia.

Rooster disse que seria melhor se conseguíssemos pegar o bando de ladrões antes que saíssem das proximidades de McAlester e voltassem para seu esconderijo protegido nas montanhas Winding Stair, que eram como uma fortaleza.

LaBoeuf disse, "Qual a distância até a venda do McAlester?"

"Uns bons cem quilômetros", disse Rooster. "A gente cobre mais uns vinte e cinco quilômetros hoje e parte amanhã bem cedo outra vez."

Eu resmunguei e fiz cara feia só de pensar em cavalgar mais vinte e cinco quilômetros nesse mesmo dia, e Rooster virou e me pegou no pulo. "Que tal essa caça ao racum, hein?", disse ele.

"Não precisa virar pra me procurar", disse eu. "Vou estar bem aqui."

LaBoeuf disse, "Mas o Chelmsford não estava com ele?"

Rooster disse, "Não foi visto na loja do McAlester com ele. É certeza que estava com ele no assalto ao carro do correio. O diabo me carregue se não está aqui por perto em algum lugar. Do jeito que o Ned reparte seus ganhos, sei que o rapaz não lucrou o suficiente com esse serviço pra ir muito longe".

Acampamos essa noite na crista de uma colina onde o solo não era tão encharcado. Fazia uma noite muito escura. As nuvens estavam baixas e pesadas e não dava pra ver nem a lua, nem as estrelas. Rooster me deu um balde de lona e me mandou descer uns duzentos metros pela colina para procurar água. Levei a arma junto. Eu não tinha uma lanterna e tropecei e caí com o primeiro balde antes que pudesse ir muito longe, então tive de voltar por onde viera e buscar outro. LaBoeuf tirou as selas dos cavalos e deu de comer pra eles com embornais. Na segunda viagem eu tive de parar e descansar umas três vezes na subida da encosta. Estava toda travada, cansada e dolorida. Eu segurava a arma em uma das mãos, mas isso não era suficiente para contrabalançar o grande peso do balde, que me jogava para o lado conforme eu andava.

Rooster estava agachado montando uma fogueira e ficou de olho em mim. Disse, "Você parece um porco no gelo".

Eu disse, "Eu é que não vou descer até lá outra vez. Se quiser mais água, vai ter que buscar você mesmo".

"No meu grupo cada um precisa fazer sua parte."

"E de qualquer jeito ela tem gosto de ferro."

LaBoeuf estava esfregando seu pônei peludo. Disse, "Você tem sorte de viajar por um lugar com uma nascente tão à mão. Na minha terra a gente pode cavalgar durante vários dias e não ver uma fonte no solo. Já tive de beber água suja acumulada numa pegada de ferradura e me dar por feliz com isso. A pessoa não sabe o que é passar aperto enquanto quase não morreu de sede".

Rooster disse, "Se um dia eu encontrar um caubói texano dizendo que nunca bebeu água no rastro de um cavalo, acho que eu aperto a mão dele e dou um charuto Daniel Webster pra ele fumar".

"Então, não acredita?", perguntou LaBoeuf.

"Acreditei nas primeiras vinte e cinco vezes que escutei."

"Talvez ele tenha mesmo bebido água assim", disse eu. "Ele é um Texas Ranger."

"É isso o que ele é?", disse Rooster. "Bom, nisso eu acredito."

LaBoeuf disse, "Você não sabe disfarçar a própria ignorância, Cogburn. Um pouco de provocação não me aborrece, mas não vou aturar uma palavra contra a unidade Ranger, ainda mais vindo de um sujeito como você".

"Unidade Ranger!", disse Rooster, com um quê de desprezo. "Vou dizer o que você vai fazer. Vai falar pro John Wesley Hardin sobre a unidade Ranger. Não pra mim e pra maninha aqui."

"Pelo menos a gente sabe qual é o nosso papel. Isso é mais do que se pode dizer dos U.S. Marshals e sua política suja."

Rooster disse, "Quanto tempo faz que vocês rapazes montam em ovelhas lá pras suas bandas?"

LaBoeuf parou de esfregar o pônei peludo. Disse, "Esse cavalo vai estar galopando quando esse seu garanhão americano estiver sem fôlego e desmaiado. Não julgue pelas aparências. O pônei que parece mais maligno em geral é o mais competente. Quanto você acha que esse pônei me custou?"

Rooster disse, "Se ele tiver pelo menos uma dessas qualidades que você disse, meu palpite é mil dólares."

"Pode fazer piada, mas ele me custou cento e dez dólares", disse LaBoeuf. "Eu não vendo ele por isso. É difícil entrar pros Rangers se você não tem um cavalo de cem dólares."

Rooster começou a preparar o jantar. O que ele trouxe para a "boia" foi o seguinte: um saco de sal, um saco de pimenta vermelha e um saco de puxa-puxa — tudo isso nos bolsos da sua jaqueta — e também um pouco de grãos de café moídos, uma enorme fatia de porco salgado e mais cento e setenta *corn dodgers*. Mal pude crer nos meus olhos. Os *corn dodgers* eram umas bolas do que eu costumo chamar de *hot-water cornbread*, broa de milho com água quente. Rooster disse que a mulher preparou pensando que fosse uma encomenda pra todo um destacamento de federais.

"Bom", disse ele, "quando ficar duro demais pra comer puro, a gente pode fazer uma papa com eles e o que sobrar a gente pode dar pros animais".

Fizemos um pouco de café numa lata e fritamos um pouco da carne de porco. Daí ele fatiou algumas broas e fritou os pedaços na banha. Pão frito! Isso era item novo no meu cardápio. Ele e LaBoeuf devoraram quase meio quilo de porco e uma dúzia de pãezinhos. Eu comi alguns dos meus sanduíches de bacon e um pedaço de bolo de gengibre e bebi a água com gosto de ferrugem. Nossa fogueira ardia que era uma beleza; a madeira úmida estalou com ferocidade e cuspiu chuvas de fagulhas. Era uma coisa animadora e estimulante contra a noite lúgubre.

LaBoeuf disse que não estava acostumado a um fogaréu daqueles, que no Texas eles frequentemente dispunham de pouco mais que uma fogueira de gravetos ou de estrume de búfalo pra aquecer seus feijões. Perguntou a Rooster se ele julgava sensato denunciar nossa presença numa região desabitada com uma grande fogueira. Disse que era procedimento de um Ranger não dormir no mesmo lugar onde haviam preparado sua refeição. Rooster não disse nada e jogou mais alguns galhos no fogo.

Eu disse, "Será que vocês dois gostariam de ouvir a história do 'Visitante da Meia-Noite'? Um dos dois vai ter que ser o 'Visitante'. Vou explicar o que a pessoa precisa falar. Os outros personagens eu mesma faço".

Mas eles não estavam interessados em ouvir histórias de fantasmas, então desenrolei meu oleado no chão o mais perto do fogo que ousei e continuei a arrumar minha cama com as cobertas. Meus pés estavam tão inchados da cavalgada que foi difícil tirar as botas. Rooster e LaBoeuf beberam um pouco de uísque, mas isso não os deixou mais sociáveis, e ficaram ali sentados sem querer conversa. Em pouco tempo abriram seus rolos de petrechos para dormir.

Rooster tinha um belo manto de búfalo pra forrar o chão. Parecia quente e confortável e fiquei com inveja. Ele pegou uma corda de crina de cavalo em sua sela e a arranjou em um laço em torno da cama.

LaBoeuf observou e sorriu. Disse, "Isso é uma rematada tolice. Toda cobra dorme nessa época do ano".

"Já ouvi falar de umas que acordaram", disse Rooster.

Eu disse, "Me deixa pôr uma corda também. Não sou chegada em cobra".

"Uma cobra não ia incomodar você", disse Rooster. "Você é pequena e esquelética demais."

Ele pôs uma tora de carvalho no fogo, ajeitou carvões e cinzas em volta pra servir de barreira e se virou para dormir. Os dois homens da lei roncavam e um deles fazia um ruído úmido com a boca ao mesmo tempo. Era nojento. Exausta como eu estava, tive dificuldade em pegar no sono. Estava aquecida o suficiente, mas havia raízes e pedras debaixo de mim e eu me mexia de um lado para o outro tentando me ajeitar melhor. Estava toda quebrada e qualquer movimento doía. Finalmente, perdi toda a esperança de conseguir achar uma posição. Rezei minhas orações, mas não mencionei meu desconforto. A viagem era coisa minha.

Quando acordei, tinha flocos de neve nos olhos. Flocos grandes e úmidos desciam por entre as árvores. Havia uma fina cobertura de branco no solo. A luz do dia ainda não irrompera propriamente, mas Rooster já estava de pé, fervendo café e fritando carne. LaBoeuf estava cuidando dos cavalos e havia selado os três. Eu queria um pouco de comida quente, então deixei meus sanduíches e comi um pouco de carne salgada e pão frito. Dividi meu queijo com os agentes. Minhas mãos e meu rosto cheiravam a fumaça.

Rooster nos apressou para levantar acampamento. Estava preocupado com a neve. "Se continuar assim, a gente vai precisar de abrigo essa noite", disse. LaBoeuf já tinha alimentado os animais, mas eu peguei uma broinha e dei pro Little Blackie, pra ver se ele comia. Ele adorou e eu dei outra. Rooster disse que os cavalos gostavam principalmente do sal que tinha nelas. Mandou eu me cobrir com minha capa de oleado.

O alvorecer não passava de um fulgor amarelo pálido através da cobertura das nuvens, mas fosse como fosse o nascer do sol nos pegou montados e em marcha uma vez mais. A neve caiu mais espessa e os flocos foram ficando maiores, do tamanho de plumas de ganso, e não desciam como chuva, mas sim planavam de encontro ao nosso rosto. No espaço de quatro horas a neve se acumulou no solo em uma camada de quase vinte centímetros de profundidade.

Nos espaços descampados a trilha era dura de seguir e a gente parou várias vezes pro Rooster se orientar. Era uma tarefa difícil, porque o chão não dizia nada e ele não tinha como ver nenhum marco na distância. Na verdade, às vezes não dava pra enxergar mais que alguns palmos em qualquer direção. A luneta dele era inútil. Não encontramos nem gente, nem casas. Nosso progresso era bem lento.

A gente não estava muito preocupado em se perder, porque o Rooster tinha uma bússola e, contanto que a gente mantivesse o rumo sul, mais cedo ou mais tarde iria topar com a estrada do Texas e os trilhos da M. K. & T. Railroad. Mas era um aborrecimento não conseguir se manter numa trilha regular, e com a neve os cavalos corriam risco de pisar em buracos.

Por volta do meio-dia a gente parou em um regato na encosta de uma montanha ao abrigo do vento pra dar de beber aos cavalos. Ali a gente encontrou um pouco de alívio do vento e da neve. Acho que eram as montanhas San Bois. Passei o que sobrou do meu queijo para os outros e Rooster dividiu o seu doce. Isso foi nosso almoço. Quando a gente esticava a perna nesse lugar, escutamos uns ruídos de asas batendo rio abaixo, e LaBoeuf entrou na floresta para investigar. Ele encontrou um bando de perus empoleirados numa árvore e acertou um deles com seu rifle Sharps. A ave ficou razoavelmente esfrangalhada. Era uma fêmea de mais ou menos três quilos. LaBoeuf estripou, cortou a cabeça e amarrou o bicho na sela.

Rooster admitiu que a gente não ia conseguir chegar à venda do McAlester antes de escurecer e que o melhor a fazer era rumar para oeste e procurar uma "toca" que algum posseiro houvesse construído não muito longe da estrada do Texas. Ninguém ocupava esses abrigos, disse ele, e podia ser um lugar pra gente passar a noite. No dia seguinte poderíamos retomar o rumo sul pela estrada do Texas, que era ampla e muito repisada das manadas de gado e carroções de carga. Haveria pouco risco de aleijar um cavalo naquela estrada.

Depois de descansar partimos em fila única com o cavalão do Rooster abrindo caminho. Little Blackie não precisava de mim pra guiá-lo e enlacei as pontas da rédea em torno do cepilho da sela e recolhi as mãos geladas dentro das mangas dos meus vários casacos. A gente surpreendeu um bando de veados se alimentando da casca de brotos e LaBoeuf pegou o rifle outra vez, mas eles saíram em disparada antes que ele tivesse tempo sequer de engatilhar.

Após um tempo a neve arrefeceu e mesmo assim nosso avanço continuou limitado à velocidade do passo. A noite estava um breu quando chegamos à "toca". A pouca luz que havia vinha da lua que surgia e desaparecia atrás das nuvens.

A toca ficava na ponta mais estreita de uma depressão ou vale em forma de V. Eu nunca tinha visto uma habitação daquelas antes. Era um abrigo pequeno, de apenas uns três metros por seis, e metade dele penetrava no barranco argiloso, como uma caverna. A parte que ficava do lado de fora era feita de estacas e turfa, e o telhado também era de turfa, sustentado por uma coluna no centro. Um anexo de caramanchão com caverna tinha sido feito para abrigar animais. Havia madeira suficiente ali pra construir uma cabana de toras, embora a maior parte fosse madeira dura. Imagino também que o sujeito que construiu aquele negócio estivesse com pressa e carente de ferramentas adequadas. Uma chaminé "pensa" feita de galhos e barro se projetava do barranco nos fundos do abrigo. Aquilo me lembrou uma coisa feita por um pássaro aquático, uma andorinha de penhasco ou algum andorinhão, embora o trabalho desses pequeninos pedreiros emplumados (que não sabem usar um nível de bolha pra medir o prumo) seja uma visão mais engenhosa.

A gente ficou surpreso de ver fumaça e centelhas subindo pela chaminé. Dava para ver a luz brilhando entre as rachaduras da porta, que era uma peça baixa e tosca presa no batente com dobradiças de couro. Não havia janela.

Paramos em um bosque de cedros. Rooster apeou e falou pra gente esperar. Ele pegou o rifle de repetição Winchester e se aproximou da porta. Fez um bocado de barulho conforme as botas dele quebravam a crosta que tinha se formado na superfície da neve.

Quando estava a uns cinco metros da toca, a porta abriu um pouquinho. O rosto de um homem apareceu na luz e uma mão saiu brandindo um revólver. Rooster estacou. O rosto disse, "Quem taí fora?" Rooster falou, "A gente tá procurando abrigo. Estamos em três aqui". O rosto na porta disse, "Não tem espaço pra vocês aqui". A porta fechou e um instante depois a luz apagou.

Rooster virou pra nós e fez um sinal, chamando. LaBoeuf desmontou e foi para perto dele. Eu me mexi, mas LaBoeuf disse para ficar na proteção do bosque e segurar os cavalos.

Rooster tirou a jaqueta de camurça e passou-a para LaBoeuf, falando para ele subir no barranco e cobrir a chaminé. Então Rooster foi uns três metros para o lado e se apoiou num joelho com o rifle de prontidão. A jaqueta serviu de um ótimo abafador e não demorou pra gente ver os anéis de fumaça saindo pela porta. O som de vozes se elevou do lado de dentro e depois ouvimos o chiado de água sendo jogada em cima do fogo e dos carvões.

A porta foi aberta com tudo e dali explodiram dois disparos brilhantes de espingarda. Quase morri de medo. Pude ouvir os tiros quebrando os galhos das árvores. Rooster devolveu o fogo com vários disparos de seu rifle. Alguém gritou de dor do lado de dentro e a porta voltou a fechar.

"Aqui é um agente federal!", disse Rooster. "Quantos tem aí dentro? Falem, e é bom que seja rápido!"

"Um metodista e um filho da puta!", foi a resposta insolente. "Vão embora!"

"É o Emmett Quincy?", disse Rooster.

"A gente não conhece Emmett Quincy nenhum!"

"Quincy, sei que é você! Escuta! Aqui é o Rooster Cogburn! Columbus Potter e mais cinco federais estão aqui fora comigo! A gente tem um balde d'óleo! Em um minuto vamos tacar fogo em vocês! Mostra os braços pra gente ver e sai com as mãos encostadas na cabeça e ninguém vai ser ferido!

Assim que esse óleo de xisto descer pela chaminé, a gente vai matar todo mundo que passar por essa porta!"

"Só tem três de vocês!"

"Vai em frente e aposta sua vida nisso! Quantos tem aí dentro?"

"O Moon não pode andar! Ele foi atingido!"

"Puxa ele pra cá! Acende esse lampião!"

"Que tipo de papel cê trouxe contra mim?"

"Não tenho papel nenhum pra você! Melhor se mexer, rapaz! Quantos tão aí dentro?"

"Só eu e o Moon! Fala pros federais tomar cuidado com as armas! A gente tá saindo!"

Uma luz brilhou outra vez do lado de dentro. A porta foi empurrada e uma espingarda e dois revólveres foram atirados por ela. Dois homens saíram, um deles mancando e se amparando no outro. Rooster e LaBoeuf fizeram com que deitassem de bruços na neve enquanto os revistavam para ver se ainda estavam armados. O tal do Quincy tinha uma faca bowie em uma bota e uma pequena pistola de jogador de dois tiros na outra. Disse que tinha esquecido que estavam ali, mas isso não impediu Rooster de lhe dar um pontapé.

Eu trouxe os cavalos e LaBoeuf os levou para o abrigo dos animais. Rooster cutucou os dois sujeitos com seu rifle para que entrassem na toca. Eram homens jovens, lá pelos vinte anos. O que se chamava Moon estava pálido e assustado e não parecia mais perigoso que um cãozinho gordo. O tiro pegara em sua coxa e a perna da calça estava ensanguentada. O tal do Quincy tinha um rosto magro e comprido, com olhos estreitos e parecendo de estrangeiro. Ele me lembrava uns eslovacos que apareceram por aqui faz alguns anos pra cortar aduelas de barril. Os que ficaram deram bons cidadãos. Pessoas de outros países geralmente são católicas, quando são alguma coisa. Elas adoram velas e rosários.

Rooster deu um lenço azul para o Moon amarrar na perna e depois prendeu os dois juntos com algemas de aço e fez eles sentarem lado a lado em um banco. A única mobília do lugar era uma mesa baixa de troncos desbastados a enxó apoiada em tocos e um banco de cada lado. Sacudi um saco de aniagem na porta aberta, tentando expulsar a fumaça. Um bule de café tinha sido jogado na lareira, mas ainda tinha alguns carvões e galhos acesos nas beiradas e eu mexi até acenderem outra vez.

Tinha uma outra vasilha também na lareira, grande, um caldeirão de dois galões, cheio de uma gororoba que parecia *hominy*, papa de milho seco. Rooster provou com a colher e falou que era uma comida índia chamada *sofky*. Me ofereceu um pouco e disse que estava bom. Mas tinha bagaço ali dentro e eu recusei.

"Vocês rapazes estavam esperando companhia?", disse ele.

"Isso aí é nossa janta e nosso café da manhã junto", disse Quincy. "Eu como muito de manhã."

"Eu ia adorar ver você tomando café da manhã."

"O *sofky* sempre cresce mais do que a gente pensa."

"O que vocês rapazes estão armando, fora roubar gado e vender destilado? Os dois tão muito nervosos."

"Cê disse que não tinha papel nenhum pra gente", respondeu Quincy.

"Não tenho nenhum com o nome de vocês", disse Rooster. "Tenho uns mandados em branco pra uns delitos que iam cair como uma luva pros dois. Resistir a um agente federal, também. Só isso dá um ano."

"A gente não sabia que era você. Podia ser qualquer maluco lá fora."

Moon disse, "Minha perna tá doendo".

Rooster disse, "Aposto que sim. Fica bem parado que daí não sangra tanto".

Quincy disse, "A gente não sabia quem tava lá fora. Uma noite dessas. A gente tava bebendo um pouco e o tempo tava de dar medo. Qualquer um pode dizer que é um agente. Onde tão os outros federais?"

"Eu peguei você nessa, Quincy. Quando foi a última vez que cê viu seu velho parceiro Ned Pepper?"

"Ned Pepper?", disse o ladrão de gado. "Não conheço. Quem é?"

"Acho que conhece sim", disse o Rooster. "Sei que já ouviu falar dele. Todo mundo já ouviu falar dele."

"Eu nunca ouvi falar dele."

"Ele costumava trabalhar pro senhor Burlingame. Você não trabalhou pra ele por um tempo?"

"Foi, e larguei o trabalho como todo mundo fez. O velho perde toda ajuda que arruma, de tão avarento. O mão de vaca. Por mim ele pode ir pro inferno com as costas quebradas. Não lembro de nenhum Ned Pepper."

Rooster falou, "Dizem que o Ned Pepper é um vaqueiro danado de bom. Fico surpreso de não lembrar dele. Um sujeitinho briguento, nervoso e ligeiro. Com o lábio todo arrebentado".

"Não me vem ninguém à memória. Um lábio esquisito."

"Nem sempre ele teve isso. Acho que você conhece. Agora, mais uma coisa. Tem um camarada novo andando com o Ned. Ele também é baixo e tem uma marca de pólvora na cara, uma mancha preta. Ele diz que se chama Chaney, ou às vezes Chelmsford. Anda com um rifle Henry."

"Não me vem ninguém à memória", disse Quincy. "Uma marca preta. Eu ia lembrar duma coisa como essa."

"Você não sabe de nada que eu queira saber, não é mesmo?"

"Não, e se soubesse, não falava."

"Bom, melhor pensar em alguma coisa, Quincy. E você também, Moon."

Moon disse, "Eu sempre tento ajudar a lei se isso não prejudica meus amigos. Não conheço esses rapazes aí. Eu queria ajudar se eu pudesse".

"Se vocês não me ajudarem, vou levar os dois pro juiz Parker", disse Rooster. "Na altura em que a gente chegar em Fort Smith essa perna vai estar mais inchada que uma mula morta. Vai ter começado a gangrenar e vão cortar fora. E se você não bater as botas, eu consigo dois ou três anos na Federal House lá em Detroit."

"Cê tá querendo me enrolar", disse Moon.

"Eles vão ensinar você a ler e escrever por lá, mas os benefícios param por aí", disse Rooster. "Não precisa ir se não quiser. Se me der alguma informação útil sobre o Ned, eu levo você pro McAlester amanhã e você pode tirar essa bala aí da perna. Daí eu dou mais três dias pra deixar o Território. Eles têm um bocado de gado gordo no Texas e vocês, rapazes, podem se dar bem por lá."

Moon disse, "A gente não pode ir pro Texas".

Quincy disse, "Melhor você fechar essa matraca, Moon. Deixa que eu falo".

"Não tô aguentando ficar parado. A perna tá dando umas pontadas."

Rooster pegou sua garrafa de uísque e serviu um pouco numa xícara pro jovem ladrão de gado. "Se der ouvidos pro Quincy, filho, vai morrer ou perder essa perna", disse. "O Quincy não tá ferido."

Quincy disse, "Não deixa ele assustar você, Moon. Seja homem. A gente vai sair dessa".

LaBoeuf entrou carregando nossos rolos de dormir e outros pertences. Disse, "Tem seis cavalos lá fora naquela caverna, Cogburn".

"Que tipo de cavalos?", disse Rooster.

"Pra mim parecem montaria boa. Acho que todos eles ferrados."

Rooster questionou os ladrões sobre os cavalos e Quincy alegou que os havia comprado em Fort Gibson e que estava levando para vender à polícia indígena chamada Cavalaria Ligeira Choctaw. Mas ele não tinha nota da venda nem qualquer outro meio de provar a propriedade, e Rooster não engoliu a história. Quincy foi ficando cada vez mais taciturno e não quis responder mais pergunta nenhuma.

Me mandaram sair pra pegar lenha e levei o lampião, na verdade uma lanterna com olho de vidro, porque isso é o que era, e revolvi a neve com os pés pra achar alguns galhos e brotos caídos. Eu não tinha um machado nem machadinha, então precisei arrastar sem cortar e fazer várias viagens.

Rooster preparou outro bule de café. Ele me pôs pra fatiar a carne salgada e as broas de milho, agora duras de tão geladas, e ordenou que Quincy depenasse o peru e cortasse pra fritar. LaBoeuf queria assar a ave direto no fogo, mas Rooster disse que não era gorda o bastante pra isso e que ia ficar dura e seca.

Sentei num banco de um lado da mesa e os ladrões sentaram do outro, suas mãos algemadas pousadas em cima da mesa, entre os dois. Os ladrões haviam preparado sua cama no chão de terra batida junto à lareira, e agora Rooster e LaBoeuf sentavam nessas mantas com o rifle no colo, pondo-se à vontade. Havia buracos nas paredes onde a turfa caíra e o vento entrava uivando por eles, fazendo a lanterna bruxulear um pouco, mas o ambiente era pequeno e o fogo proporcionava calor mais do que suficiente. Considerando tudo, até que a gente estava bem aconchegado.

Entornei uma lata de água fervente sobre o peru gelado, mas não foi o suficiente pra soltar todas as penas. Quincy arrancava elas com a mão livre e firmava a ave com a outra. Ele resmungava com o desajeitamento da tarefa. Quando terminou de depenar, cortou a ave em pedaços com sua enorme faca bowie e mostrou todo seu desprezo fazendo um belo de um serviço porco. Ele cortava de um jeito bruto e descuidado, em vez de fatiar nas juntas.

Moon bebia uísque e choramingava com a dor na perna. Senti pena dele. Quando viu que eu olhava em sua direção, disse, "O que cê tá olhando?" Era uma pergunta estúpida e eu não respondi. Ele disse, "Quem é você? O que tá fazendo aqui? O que essa menina tá fazendo aqui?"

Eu disse, "Eu sou Mattie Ross, moro perto de Dardanelle, Arkansas. Agora sou eu quem pergunta. Por que você virou ladrão de gado?"

Ele falou outra vez, "O que essa garota tá fazendo aqui?"

Rooster disse, "Ela tá comigo".

"Ela tá com nós dois", disse LaBoeuf.

Moon disse, "Isso não parece direito pra mim. Não estou entendendo".

Eu disse, "O tal do Chaney, o tal com a marca na cara, ele matou meu pai. Ele era um bebedor de uísque como você. No fim, foi o que levou ele a matar. Se você responder as perguntas do agente, ele vai ajudar você. Eu tenho um bom advogado lá em casa e ele pode ajudar você também".

"Tô besta com isso."

Quincy disse, "Não fica de papo com essa gente, Moon".

Eu disse, "Não fui com a sua cara".

Quincy parou o que estava fazendo. Disse, "Tá falando comigo, pirralha?"

Eu disse, "Isso mesmo, e vou dizer outra vez. Não fui com a sua cara e não estou gostando do jeito que você tá cortando esse peru. Espero que vá pra cadeia. Meu advogado não vai ajudar você".

O rosto de Quincy se abriu num esgar e ele fez um gesto com a faca como se fosse me cortar. Disse, "Olha só quem tá falando de cara. Cê mais parece uma bruxa".

Eu disse, "Rooster, o Quincy tá estragando o peru inteiro. Ele tá lascando todos os ossos, com o tutano aparecendo".

Rooster disse, "Faz esse negócio direito, Quincy. Vou enfiar as penas na sua goela".

"Não entendo nada desse tipo de trabalho", disse Quincy.

"Um homem que consegue esfolar um boi no meio da noite rápido como você deve ser capaz de fatiar um peru", disse Rooster.

Moon disse, "Eu preciso ver um médico".

Quincy disse, "Larga essa bebida. Isso tá deixando você tonto".

LaBoeuf disse, "Se a gente não separar esses dois, não vai conseguir nada. Esse aí manda naquele".

Rooster disse, "Moon vai mudar de ideia. Um moço novo como ele não quer perder a perna. Ele é jovem demais pra andar por aí apoiado num toco de salgueiro. Gosta de dançar e praticar esportes".

"Cê tá tentando me manipular", disse Moon.

"Estou tentando manipular você com a verdade", disse Rooster.

Minutos depois Moon se curvou para sussurrar uma confidência no ouvido de Quincy. "Nada disso", falou Rooster, erguendo o rifle. "Se tem alguma coisa em mente, todo mundo aqui vai ouvir."

Moon disse, "A gente viu o Ned e o Haze faz dois dias".

"Não banca o tonto!", disse Quincy. "Se abrir o bico, eu mato você."

Mas Moon continuou. "Não aguento mais", disse. "Preciso de um médico. Vou contar o que eu sei."

Com isso, Quincy golpeou a mão algemada de Moon com a bowie e decepou quatro dedos, que voaram bem diante dos meus olhos como se fossem lascas de uma tora. Moon gritou e uma bala de rifle estilhaçou a lanterna na minha frente e foi acertar Quincy no pescoço, fazendo o sangue quente espirrar no meu rosto. Meu pensamento foi o seguinte: *Melhor ficar fora disso*. Me joguei pra trás no meu banco e procurei um lugar seguro no chão.

Rooster e LaBoeuf voaram até onde eu me joguei e depois de verificar se eu não estava ferida foram ver os bandidos caídos. Quincy estava sem sentidos e morto ou morrendo, e Moon sangrava terrivelmente da mão e de uma perfuração fatal no peito que Quincy lhe havia desferido antes de cair.

"Ai, meu Deus, estou morrendo!", disse ele.

Rooster acendeu um fósforo para iluminar e me mandou pegar um pinho na lareira. Achei um pedaço bom e comprido, acendi e voltei com ele, uma tocha fumarenta para iluminar uma cena pavorosa. Rooster removeu a algema do jovem coitado.

"Faz alguma coisa! Me ajuda!", gemia ele.

"Não posso fazer mais nada por você, filho", disse Rooster. "Seu parceiro acabou com você e eu com ele."

"Não me deixa aqui jogado. Não deixa os lobos acabarem comigo."

"Vou cuidar pra que tenha um enterro decente, por mais dura que esteja a terra", disse Rooster. "Precisa me contar sobre o Ned. Onde vocês viram ele?"

"A gente viu ele faz dois dias no McAlester, ele e o Haze. Eles vêm aqui hoje à noite pra trocar de montaria e jantar. Vão assaltar o trem Katy em Wagoner's Switch se a neve não atrapalhar."

"Eles estão em quatro?"

"Queriam quatro cavalos, é só o que eu sei. Ned era amigo do Quincy, não meu. Eu nunca ia abrir o bico pra entregar um amigo. Fiquei com medo que saísse troca de tiro e eu não ia ter chance, preso desse jeito. Eu não fujo de briga."

Rooster disse, "Viu um homem com uma marca preta na cara?"

"Não vi ninguém além do Ned e do Haze. Quando a briga esquenta, eu não sou de fugir, mas, se me sobra tempo pra pensar, minha lealdade vai embora. Quincy tinha ódio da lei, mas ele era leal com os amigos."

"Que horas eles disseram que iam estar aqui?"

"Por mim já era pra eles terem chegado. Meu irmão é o George Garrett. Ele é um pregador metodista itinerante no sul do Texas. Queria que você vendesse meus pertences, Rooster, e mandasse o dinheiro pra ele aos cuidados do superintendente do distrito em Austin. O cavalo castanho é meu, eu paguei por ele. Os outros a gente pegou ontem à noite no senhor Burlingame."

Eu disse, "Quer que a gente conte pro seu irmão o que aconteceu com você?"

Ele disse, "Deixa isso pra lá. Ele sabe que eu caí no mundo. Eu encontro ele mais tarde, caminhando pelas ruas da Glória".

Rooster disse, "Não fica esperando o Quincy".

"O Quincy sempre foi muito direito comigo", disse Moon. "Nunca me traiu, até me matar. Deixa eu beber um gole de água fria."

LaBoeuf foi buscar um pouco d'água pra ele. Moon levou a mão mutilada e ensanguentada à xícara e então a pegou com a outra mão. Disse, "Sinto como se ainda tivesse os dedos, mas não tenho". Deu um profundo gole e sentiu dor. Falou um pouco mais, mas de um jeito descoordenado e sem nenhum propósito aparente. Não respondia às perguntas. O que tinha nos olhos dele era o seguinte: *confusão*. Logo tudo estava terminado pra ele e foi se juntar ao amigo na morte. Parecia quase quinze quilos mais leve.

LaBoeuf disse, "Eu falei que era pra gente ter separado eles".

Rooster não respondeu, não querendo admitir que cometera um erro. Vasculhou os bolsos dos ladrões mortos e foi pondo o que encontrava sobre a mesa. A lanterna estava irremediavelmente quebrada e LaBoeuf foi buscar uma vela na bolsa da sela, acendeu-a e a prendeu em cima da mesa. Rooster encontrou algumas moedas, cartuchos, cédulas de dinheiro, a foto de uma garota bonita arrancada de um jornal ilustrado, canivetes, um pedaço de fumo de corda. Também encontrou uma moeda de ouro da Califórnia no bolso do colete de Quincy.

Quase gritei quando vi. "É a moeda de ouro do meu pai!", falei. "Me dá ela aqui!"

Não era uma moeda redonda, mas uma peça de bordas retas que tinha sido cunhada no "Estado Dourado" e valia trinta e seis dólares e uns tantos centavos. Rooster disse, "Nunca vi uma moeda igual a essa. Tem certeza de que é ela?" Eu disse, "Tenho, o Vô Spurling deu pro pai duas dessas quando ele casou com a mãe. Aquele vagabundo do Chaney ainda tá com a outra. A gente tá no rastro dele, pode apostar!"

"No rastro do Ned a gente tá, isso eu sei", disse Rooster. "Espero que seja a mesma coisa. Queria saber como o Quincy pôs a mão nesse negócio. Esse Chaney é chegado num jogo?"

LaBoeuf disse, "Ele gosta dum carteado. Acho que o Ned cancelou o assalto, se não apareceu por aqui até agora".

"Bom, a gente não pode contar com isso", disse Rooster. "Sela os cavalos que eu vou puxar esses dois pra fora."

"Você tá com a intenção de fugir?", disse LaBoeuf.

Rooster virou o olho cintilante pra ele. "Tô com a intenção de fazer o que eu vim aqui pra fazer", disse. "Sela os cavalos."

Depois ordenou que eu arrumasse o interior da toca. Carregou os corpos pra fora e escondeu no bosque. Eu juntei os pedaços do peru num saco e joguei a lanterna destruída na lareira, depois remexi o chão com um graveto até cobrir o sangue. Rooster estava planejando uma emboscada.

Quando voltou da segunda viagem ao bosque, trouxe um feixe de galhos pra lareira. Fez um fogo grande, assim haveria luz e fumaça, indicando que a cabana estava ocupada. Daí ele saiu e foi se juntar ao LaBoeuf e os cavalos no caramanchão de mato. O abrigo, como eu disse, tinha sido construído numa concavidade onde duas encostas se espremiam numa espécie de V. Era um bom lugar para o que o Rooster tinha em mente.

Ele mandou LaBoeuf pegar o cavalo e encontrar uma posição na vertente norte, mais ou menos a meio caminho de uma das pernas do V, e explicou que ia ficar numa posição correspondente na vertente sul. Nada foi dito sobre mim em relação ao plano e preferi ficar com o Rooster.

Ele disse ao LaBoeuf, "Encontra um bom lugar lá no alto e depois não se mexe. Não atira a menos que me ouça atirando. O que a gente quer é pegar todo mundo dentro da toca. Vou matar o último que entrar e daí a gente fica com todos os peixes num barril".

"Vai atirar nele à traição?", perguntou LaBoeuf.

"Isso vai mostrar pra eles que nossas intenções são sérias. Não são ladrões de galinha, esses daí. Não quero que comece a atirar a menos que eles comecem. Depois do meu primeiro tiro vou chamar e ver se dá pra pegar eles com vida. Se não cooperarem, a gente atira quando forem saindo."

"Não tem nada nesse plano a não ser um bocado de matança", disse LaBoeuf. "A gente quer o Chelmsford com vida, não é? Você não tá dando a menor chance pra eles."

"Não adianta nada dar uma chance pro Ned e o Haze. Se eles forem presos, vão pra forca e eles sabem disso. Eles vão partir pra briga a hora que for. Os outros podem amarelar e se entregar, não sei. E tem mais uma coisa, não sei quantos tem lá. O que eu sei é que nós somos só em dois."

"Por que eu não tento ferir o Chelmsford antes de ele entrar?"

"Isso não me agrada", disse o Rooster. "Se acontecer algum disparo antes de eles se meterem naquela toca, é capaz da gente acabar com um saco vazio. Eu quero o Ned também. Quero eles todos."

"Tudo bem", disse LaBoeuf. "Mas se eles dispersarem, eu vou atrás do Chelmsford."

"É bem provável que você acabe matando ele com esse seu Sharps enorme, não importa onde acerte. Você fica com o Ned e eu tento acertar o Chaney nas pernas."

"Como é o Ned?"

"Um sujeito pequeno. Não sei no que ele vai tá montado. Ele fala um bocado. É só procurar o mais baixinho."

"E se eles se entocarem lá pra um cerco? Podem pensar em ficar até escurecer pra sair depois."

"Não acho que vão fazer isso", disse Rooster. "Agora chega de conversa. Sobe lá. Se alguma coisa fora do normal acontecer, é só usar a cabeça."

"Quanto tempo a gente vai esperar?"

"Até o raiar do dia."

"Acho que a essa hora eles não vêm mais."

"Bom, pode ser que você tenha razão. Agora anda. Fica de olho vivo e mantém o cavalo quieto. Nada de dormir e nada de 'tremelique'."

Rooster pegou um galho de cedro e varreu nossas pegadas diante da toca. Então pegamos nossos cavalos e subimos a colina com eles pelas rédeas, contornando o caminho pelo leito pedregoso de um regato. Chegamos à crista e Rooster me posicionou ali com os cavalos. Disse pra eu conversar com eles, dar um pouco de aveia ou pôr a mão em cima das narinas se começassem a bufar ou relinchar. Enfiou umas broas de milho no bolso e se afastou pra se posicionar para a emboscada.

Eu disse, "Não consigo enxergar nada daqui de cima".

Ele disse, "É aí mesmo que eu quero que você fique".

"Vou com você onde eu consiga enxergar alguma coisa."

"Você vai fazer o que eu tô mandando."

"Os cavalos vão ficar bem."

"Ainda não viu matança suficiente por essa noite?"

"Não vou ficar aqui sozinha."

Começamos a descer a aresta juntos. Eu disse, "Espera um pouco, vou voltar pra buscar meu revólver", mas ele me agarrou com rispidez e me puxou, e minha pistola acabou ficando para trás. Encontrou pra gente um lugar atrás de um grande tronco caído que dava uma boa visão do caramanchão e da toca. Afastamos a neve com os pés, de modo que pudéssemos ficar sobre o leito de folhas mais abaixo. Rooster carregou seu rifle de um saco de cartuchos e pôs o saco sobre o tronco, onde ficaria bem à mão. Puxou o revólver e pôs um cartucho na única câmara que mantinha vazia, atrás do cão. As mesmas balas serviam tanto pra pistola como pro rifle. Eu pensava que precisava ser de tipos diferentes. Me encolhi toda dentro do oleado e encostei a cabeça no tronco. Rooster comeu uma broa e me ofereceu uma.

Eu disse, "Acende um fósforo e deixa eu dar uma olhada nela primeiro".

"Pra quê?", ele falou.

"Algumas tão com sangue."

"Ninguém vai acender fósforo nenhum."

"Então eu não quero. Me dá um pouco de puxa-puxa."

"Não tem mais."

Tentei dormir, mas estava frio demais. Não consigo dormir com os pés gelados. Perguntei pro Rooster o que ele fazia antes de entrar pros U. S. Marshals.

"Fiz de tudo, menos ir pra escola", disse ele.

"Que coisas você fazia?", disse eu.

"Esfolava búfalo, e também era contratado pra matar lobo em Yellow House Creek, no Texas. Cheguei a ver lobo pesando setenta quilos."

"Você gostava de fazer isso?"

"Até que pagava bem, mas eu não gostava daquela terra descampada. Era vento demais pro meu gosto. Não tem nem meia dúzia de árvores de lá até o Canadá. Tem gente que acha ótimo. Tudo que brota naquele lugar tem espinho."

"Já esteve na Califórnia?"

"Nunca fui pra lá."

"Meu avô Spurling mora em Monterey, Califórnia. Ele tem uma venda por lá e pode olhar pela janela toda vez que quiser ver o mar azul. Ele manda cinco dólares pra mim todo Natal. Já enterrou duas esposas e agora casou com uma chamada Jenny, que tem trinta e um anos de idade. Um ano mais nova que a mãe. A mãe não suporta nem dizer o nome dela."

"Cheguei a ficar um tempo no Colorado mas nunca fui até a Califórnia. Eu transportava suprimento pra um homem chamado Cook, de Denver."

"Você lutou na guerra?"

"Lutei."

"O pai também lutou. Ele foi um bom soldado."

"Imagino que sim."

"Você conheceu ele?"

"Não, onde ele ficou?"

"Ele lutou em Elkhorn Tavern, no Arkansas, e foi gravemente ferido em Chickamauga, lá no estado do Tennessee. Depois disso voltou pra casa e quase morreu no caminho. Ele serviu na brigada do general Churchill."

"Eu fiquei mais no Missouri."

"Você perdeu o olho na guerra?"

"Perdi na Batalha de Lone Jack, perto de Kansas City. Meu cavalo foi atingido também e eu fiquei praticamente cego. Cole Younger rastejou debaixo do fogo cerrado e me puxou de volta. Pobre Cole, ele, Bob, Jim, todo mundo cumprindo perpétua na prisão em Minnesota. Fica só vendo, quando a verdade vier à tona, vão descobrir que foi Jesse W. James quem baleou aquele caixa em Northfield."

"Você conheceu o Jesse James?"

"Não me lembro dele. Potter falava que ele tava com a gente em Centralia e matou um major ianque por lá. O Potter dizia que ele era um diabo de uma víbora já na época, mesmo sendo só um menino. Dizia que ele era pior que o Frank. Então era o demônio, se for assim. Lembro bem do Frank. A gente chamava ele de Buck, na época. Não lembro do Jesse."

"Agora você trabalha pros ianques."

"Bom, os tempos mudaram desde a morte de Betsy. Eu nunca ia ter imaginado, naquela época. Os Red Legs que vieram do Kansas tacaram fogo na minha família e levaram o rebanho embora. Eles não tinham nada pra comer além de leite coalhado e espiga assada. Você pode comer uma bacia de espiga assada e ir pra cama com fome."

"O que você fez quando a guerra acabou?"

"Bom, vou dizer o que fiz. Quando a gente ouviu dizer que tinha todo mundo se rendido na Virginia, Potter e eu fomos pra Independence e entregamos nossas armas. Eles perguntaram se a gente estava disposto a acatar o governo em Washington e fazer um juramento diante da bandeira deles, a de estrelas e faixas. A gente disse que sim, que tava disposto. Fizemos isso, contra a vontade, mas não deixaram a gente ir nem assim. Deram um dia de condicional e falaram pra gente se apresentar pela manhã. A gente ouviu dizer que tinha um major do Kansas vindo à noite pra inspecionar todo mundo à cata de bushwackers."

"Bushwackers, o que é isso?"

"E eu vou saber? Era assim que chamavam a gente. De qualquer jeito, a gente não estava gostando nem um pouco dessa história de major do Kansas. A gente não sabia se ele não ia trancafiar a gente ou coisa pior, a gente tendo cavalgado junto com Bill Anderson e o capitão Quantrill. O Potter furtou um revólver de uma repartição e a gente se picou aquela noite mesmo em duas mulas do governo. Até hoje continuo na condicional de um dia e acho que o major continua esperando. Mas as nossas roupas tavam que era um trapo só, e o que a gente tinha entre os dois não dava pra comprar um fumo de corda. Uns doze quilômetros depois que nos afastamos da cidade topamos com um capitão federal e três soldados. Eles queriam saber se estavam na estrada certa pra Kansas City. O tal do capitão era um encarregado de distribuir os soldos, e a gente aliviou os cavalheiros de mais de quatro mil em moedas. Eles chiaram como se fosse deles próprios. Aquilo não era de ninguém, mas do governo, e a gente precisava de um pequeno custeio de viagem."

"Quatro mil dólares?"

"Isso, e tudo em ouro. Ficamos com os cavalos deles também. Potter pegou a metade dele do dinheiro e desceu pro Arkansas. Eu fui pra Cairo, Illinois, com a minha, comecei a usar o nome Burroughs e comprei uma bodega chamada *The Green Frog* e me casei com uma mulher separada. O lugar tinha uma mesa de bilhar. A gente servia tanto mulher como homem, mas na maioria homens."

"Eu não sabia que você tinha tido uma esposa."

"Bom, agora não tenho mais. Ela me saiu com uma ideia de que eu tinha que ser advogado. Dono de restaurante era baixo demais pra ela. Comprou um livro grosso chamado *Guia Daniels sobre títulos de crédito* e me pôs pra ler. Nunca pesquei patavina daquilo. O velho Daniels me deixava sempre boiando. Comecei a beber mais e a passar dois ou três dias seguidos na companhia dos meus amigos. Minha esposa não morria de amores pela minha confraria. Se encheu dessa vida e decidiu que ia voltar pro primeiro marido, que era balconista numa loja de ferragens em Paducah. Disse, 'Até mais ver, Reuben, o amor pela decência não casa com a sua pessoa'. E olha só aquela mulher divorciada falando em decência. Falei pra ela, eu disse, 'Até mais ver, Nola, espero que aquele filho da puta vendedor de prego faça você mais feliz, dessa vez'. Ela levou meu menino também. Mas ele nunca gostou de mim, de jeito algum. Acho que eu falava umas coisas bem duras pra ele, mas sem má intenção. Tá pra nascer um garoto mais desajeitado que o Horace. Aposto que quebrou umas quarenta xícaras."

"O que aconteceu com o *The Green Frog*?"

"Tentei tocar sozinho por um tempo, mas não conseguia segurar os empregados e nunca aprendi a comprar carne direito. Eu não sabia o que tava fazendo. Era como um sujeito brigando com abelhas. No fim, simplesmente desisti, vendi por novecentos dólares e parti pra conhecer o país. Foi então que andei pelas planícies estacadas do Texas e cacei búfalo com Vernon Shaftoe e um índio cabeça-chata chamado Olly. Os mórmons tinham mandado o Shaftoe deixar Great Salt Lake City, mas não me pergunte o motivo. Vamos chamar de desentendimento e deixar por isso mesmo. Nem adianta ficar me perguntando sobre isso, porque não vou responder. Olly e eu fizemos nós dois um juramento solene de guardar silêncio. É, sim, senhor, aqueles bichões peludos sumiram quase todos. Uma droga de uma pena. Eu daria três dólares agora mesmo por uma língua de búfalo em conserva."

"Nunca pegaram você por roubar aquele dinheiro?"

"Não chamo aquilo de roubar."

"Mas é o que foi. Não era de vocês."

"Nunca tive problema com isso. Durmo que nem um bebê. E faz anos."

"O coronel Stonehill disse que você foi assaltante de diligência antes de entrar pros Marshal."

"Queria saber quem andou espalhando esse boato. O velho faria muito melhor se cuidasse da própria vida."

"Então é só boato."

"Pouco mais que isso. Um belo dia de primavera estava eu em Las Vegas, Novo México, necessitado de um custeio de viagem, e roubei um daqueles bancos extorsionários de lá. Achei que tava fazendo uma boa ação. Não se pode roubar um ladrão, não é? Nunca roubei cidadão. Nunca tirei o relógio de um homem."

"Tudo isso é roubo", disse eu.

"Eles eram dessa mesma opinião lá no Novo México", disse ele. "Tive de fugir pra salvar minha pele. Três brigas em um dia. Bo era um potro forte naquela época e não tinha um cavalo naquele território capaz de fazer ele comer poeira. Mas não apreciei ser caçado e alvejado como um ladrão. Quando o destacamento diminuiu pra uns sete homens, eu dei meia-volta com o Bo e enfiei a rédea entre os dentes e galopei bem na direção dos rapazes, disparando dois navy de seis tiros que eu carregava na sela. Acho que eram todos homens casados que amavam suas famílias, do jeito que debandaram e voltaram correndo pra casa."

"Isso é duro de acreditar."

"O quê?"

"Um homem indo contra sete desse jeito."

"É a mais pura verdade. A gente fazia isso, na guerra. Cheguei a ver uma dúzia de sujeitos valentes pondo pra correr uma tropa inteira de cavalaria regular. Você parte pra cima com bastante firmeza e bastante rapidez e o homem não tem tempo de pensar em quantos estão com ele, só pensa em si mesmo e em como vai conseguir se safar da fúria que tá pra cair em cima dele."

"Acho que cê tá 'esticando o cobertor'."

"Bom, mas é assim que foi. Eu e o Bo entramos andando no Texas, não correndo. Pode ser que hoje eu não conseguisse. Tô mais velho e robusto, e o Bo também. Perdi meu dinheiro pra uns apostadores de cavalos de quarto de milha lá no Texas e fui atrás daqueles estelionatários pela Nação Chickasaw do outro lado do rio Vermelho, quando perdi a trilha deles. Foi daí que eu topei com um sujeito chamado Fogelson, que tava tocando um rebanho de gado pro Kansas. A gente passou uns maus bocados com aquela boiada. Chovia toda noite e o pasto ficou encharcado e fofo. O sol não saía durante o dia e os mosquitos comiam a gente vivo. O Fogelson tratava a gente que nem padrasto. A gente não sabia o que era dormir. Quando chegamos ao South Canadian, o rio tinha transbordado muito acima das margens, mas o Fogelson tinha um prazo pra cumprir e não queria esperar. Ele disse, 'Rapazes, vamos atravessar'. A gente perdeu quase setenta cabeças cruzando o rio e se considerou com sorte. Perdemos a carroça também; a gente teve que se virar sem pão nem café depois disso. Foi a mesma história outra vez no North Canadian. 'Rapazes, vamos atravessar.' Alguns daqueles novilhos ficaram presos na lama da outra margem e eu tava puxando eles pra soltar. O Bo ficou esfalfado e eu berrei pro tal do Hutchens vir me ajudar. Ele tava lá montado no cavalo dele, fumando seu cachimbo. Bom, ele não era um vaqueiro de verdade. Era da Filadélfia, Pensilvânia, e tinha uma cota no rebanho. Ele disse, 'Se vira aí você. É pra isso que tá sendo pago'. Derrubei o sujeito na mesma hora. Não era a coisa certa a fazer, mas eu tava pregado e não tinha tomado café. Ele não ficou muito ferido, a bala só passou raspando na cabeça e ele rachou o cachimbo com a dentada, mas não teve jeito, ele quis resolver na justiça. Não tinha nenhuma justiça por lá e o Fogelson falou isso pra ele, então o Hutchens mandou me desarmar e ele e mais dois vaqueiros me levaram pra Fort Reno. Bom, o Exército tava pouco se lixando pras desavenças particulares dele, mas aconteceu de ter dois federais por lá pra buscar uns traficantes de uísque. Um dos federais era o Potter."

Eu estava quase dormindo. Rooster me cutucou e disse, "Falei que um dos federais era o Potter".

"Há?"

"Um dos dois federais em Fort Reno era o Potter."

"Aquele amigo seu da guerra? Esse mesmo?"

"Isso, era Columbus Potter em carne e osso. Fiquei feliz de ver ele. Ele não mostrou pros outros que me conhecia. Falou pro Hutchens que ia me levar sob custódia e cuidar pra que eu fosse a julgamento. Hutchens disse que voltava pra Fort Smith quando seus negócios no Kansas estivessem resolvidos, pra depor contra mim. Potter falou que o depoimento dele ali mesmo era o suficiente pra me condenar por agressão. Hutchens disse que nunca tinha ouvido falar de um tribunal onde não havia necessidade de testemunhas. Potter disse que eles achavam que isso poupava tempo. A gente foi pra Fort Smith e Potter me nomeou agente federal. Antes o Jo Shelby tinha afiançado ele pro chefe dos federais e conseguido o cargo pra ele. O general Shelby hoje em dia mexe com estrada de ferro lá no Missouri e conhece todos esses republicanos. Ele escreveu uma bela carta pra mim, também. Bom, não tem coisa melhor que um bom amigo. O Potter era a toda prova."

"Você gosta de ser um federal?"

"Acho que gosto mais do que qualquer coisa que fiz depois da guerra. Qualquer coisa é melhor que tocar boiada. Nada que eu gosto de fazer paga bem."

"Acho que o Chaney não vai aparecer."

"A gente pega ele."

"Queria que a gente pegasse hoje à noite."

"Você não me disse que adorava caçar racum?"

"Eu não esperava que fosse fácil. Mesmo assim, eu queria que a gente pegasse ele essa noite e terminasse logo com isso."

Rooster falou a noite inteira. Eu cochilava e acordava e lá estava o homem tagarelando. Algumas de suas histórias tinham gente demais e era difícil acompanhar, mas ajudavam a matar o tempo e me faziam esquecer do frio. Não dei muito crédito pra tudo que ele falou. Ele falou que conheceu uma mulher em Sedalia, Missouri, que pisou numa agulha quando era criança e nove anos depois a agulha saiu pela coxa do terceiro filho dela. Disse que os médicos ficaram bestas de ver.

Eu tava dormindo quando os bandidos chegaram. Rooster me sacudiu e disse, "Olha eles aí". Levei um susto e virei de bruços pra poder espiar por cima do tronco. Era a luz zodiacal e só dava pra ver umas formas e silhuetas grandes, mas não dava pra enxergar detalhes. Os cavaleiros estavam de fogo, rindo e conversando uns com outros. *Seis!* Seis homens armados contra dois! Eles não tomavam a menor precaução e só o que eu pensei foi: *O plano do Rooster tá funcionando*. Mas, quando chegaram a uns cinquenta metros da toca, eles pararam. O fogo dentro do abrigo tinha apagado, mas ainda tinha um fiozinho de fumaça saindo pela chaminé de barro.

Rooster sussurrou pra mim, "Tá vendo nosso homem?"

Eu disse, "Não dá pra enxergar o rosto deles".

Ele disse, "Aquele baixinho sem chapéu é o Ned Pepper. Ele perdeu o chapéu. É o que vai na frente".

"O que eles tão fazendo?"

"Dando uma olhada. Fica com a cabeça abaixada."

Lucky Ned Pepper parecia estar usando calça branca, mas eu descobri mais tarde que eram *chaps* de pele de carneiro, umas perneiras sem fundilho que os rancheiros usam. Um dos bandidos fez um som parecido com um gorgolejo de peru. Ele esperou e gorgolejou outra vez e depois mais uma vez, mas claro que não veio nenhuma resposta da toca deserta. Daí dois bandidos se aproximaram da toca e apearam. Um deles chamou o Quincy várias vezes. Rooster disse, "Esse é o Haze". Os dois homens entraram na cabana com as armas de prontidão. Dali a um ou dois minutos saíram e deram uma busca do lado de fora. O tal do Haze chamou Quincy repetidas vezes e a certa altura piou como um homem chamando porcos. Daí gritou de volta pros bandidos que tinham continuado montados, dizendo, "Os cavalos tão aqui. Parece que o Moon e o Quincy saíram".

"Saíram pra onde?", quis saber o chefe dos bandidos, Lucky Ned Pepper.

"Pelos sinais que eles deixaram eu não tenho como saber", disse o tal do Haze. "Tem seis cavalos ali dentro. Tem uma panela de sofky na lareira, mas o fogo apagou. Não entendo. Vai ver eles tão por aí, procurando caça na neve."

Lucky Ned Pepper disse, "Quincy nunca ia largar um fogo quente pra procurar coelho à noite. Isso não é resposta que se apresente".

Haze disse, "A neve tá toda remexida aqui na frente. Vem ver o que você acha disso, Ned". O homem que estava perto do Haze disse, "Que diferença faz? Vamos trocar logo de cavalo e sair daqui. A gente pode conseguir algum troço pra comer na Ma".

Lucky Ned Pepper disse, "Deixa eu pensar um minuto".

O homem que estava perto do Haze disse, "A gente tá perdendo um tempo que seria melhor gastar cavalgando. Já perdemos bastante tempo aqui na neve e também deixamos um baita de um rastro".

Quando o sujeito falou pela segunda vez, Rooster o identificou como um jogador mexicano de Fort Worth, Texas, que chamava a si mesmo de The Original Greaser Bob, que quer dizer Bob, o Cucaracha Original. Ele não falava a língua mexicana, embora soubesse, eu suponho. Apertei a vista na direção dos bandidos a cavalo, mas meu esforço não foi suficiente pra penetrar as sombras e identificar algum rosto. Tampouco dava pra dizer grande coisa a partir da postura física de cada um, já que estavam usando casacos pesados e chapéus enormes e seus cavalos não paravam de andar de um lado pro outro. Não reconheci o cavalo do pai, Judy.

Lucky Ned Pepper puxou um de seus revólveres e disparou rapidamente três vezes no ar. O barulho ecoou no vazio e um silêncio expectante se seguiu.

Dali a um instante veio uma detonação estrondosa da crista oposta e o cavalo de Lucky Ned Pepper foi ao chão como que atingido por um ferro de abater gado. Depois vieram mais tiros lá do cume e os bandidos foram tomados de pânico e confusão. Era o LaBoeuf ali em cima disparando seu rifle pesado o mais rápido que conseguia carregar.

Rooster praguejou e ficou de pé, daí começou a atirar e acionar seu rifle de repetição Winchester. Ele baleou Haze e o Original Greaser antes que tivessem tempo de montar seus cavalos. Haze tombou morto no mesmo lugar. Os cartuchos quentes do rifle de Rooster caíam na minha mão e eu tinha que me sacudir pra me livrar delas. Quando ele virou pra dirigir os tiros contra os demais bandidos, o Original Greaser, que estava só ferido, ficou de pé, pegou seu cavalo e foi embora atrás dos outros. Ele ficou pendurado no flanco do seu cavalo com a perna jogada por cima pra se apoiar. Se a pessoa não tivesse acompanhado toda a "proeza" do início ao fim, como eu fiz, teria pensado que o cavalo estava sem cavaleiro. Foi assim que ele escapou da atenção do Rooster. Eu fiquei "mesmerizada" e acabei não sendo de grande ajuda.

Agora vou voltar um pouco e falar dos outros. Lucky Ned Pepper tombou junto com seu cavalo, mas rastejou rapidamente de sob o corpo do animal e soltou o alforje da sela com uma faca. Os outros três bandidos já tinham esporeado seus cavalos pra escapar daquele palco de guerra mortífero, se posso chamar assim, e disparavam seus rifles e revólveres contra LaBoeuf em plena fuga. Rooster e eu estávamos atrás deles e bem mais longe deles que LaBoeuf. Até onde eu sei, nenhum tiro foi disparado contra a gente.

Lucky Ned Pepper gritou chamando os outros e foi atrás deles a pé, correndo em zigue-zague. Ele carregava o alforje sobre um braço e um revólver na outra mão. Rooster não conseguiu atingi-lo. O bandido tinha um bom motivo pra se chamar "Lucky", que quer dizer sortudo, e a sorte dele ainda estava longe de terminar. Com todo aquele tiroteio, fumaça e confusão, um de seus homens conseguiu escutar os gritos, puxou as rédeas do cavalo pra fazer meia-volta e veio em disparada resgatar o chefe. Assim que o sujeito chegou perto de Lucky Ned Pepper e se curvou pra estender a mão e ajudá-lo a subir na garupa, ele foi derrubado da sela por um tiro certeiro do rifle poderoso de LaBoeuf. Lucky Ned Pepper montou destramente no lugar do homem sem dizer uma palavra nem sequer lançar um olhar ao amigo caído que ousara voltar para salvá-lo. Cavalgou abaixado e o acrobático jogador mexicano o seguiu e juntos foram embora. A escaramuça não durou tanto quanto o que eu levei pra descrever.

Rooster me mandou pegar os cavalos. Ele desceu a ravina a pé.

Os bandidos haviam deixado dois do seu grupo pra trás e a gente tinha forçado os outros a continuar a fuga em pôneis extenuados, mas achei que havia pouco motivo pra nos alegrarmos. Os bandidos na neve eram homens mortos e não podiam "contar história nenhuma". A gente não tinha identificado o Chaney no meio dos que escaparam. Será que estava com eles? A gente tava mesmo no seu rastro? Além disso, descobrimos que Lucky Ned Pepper se mandara com a maior parte do dinheiro roubado no trem.

A coisa talvez resultasse em maior proveito pro nosso lado caso LaBoeuf não tivesse começado a atirar prematuramente. Mas não posso ter certeza. Acho que Lucky Ned Pepper não tinha a menor intenção de entrar naquela toca, e na verdade nem de se aproximar mais um palmo que fosse, quando descobriu os dois ladrões de gado sumidos sem maiores explicações. De modo que nosso plano teria desandado de um jeito ou de outro. Rooster tendeu a pôr toda a culpa em LaBoeuf.

Quando cheguei ao sopé da colina com os cavalos, estava xingando o texano na cara dele. Tenho certeza de que os dois teriam partido pras vias de fato não fosse LaBoeuf ter se distraído com um ferimento doloroso. Uma bala atingira a coronha de seu rifle e farpas de madeira e chumbo haviam penetrado na carne macia de seu braço. Ele disse que não estava conseguindo enxergar direito de sua posição e que ia procurar um lugar melhor quando escutou os três tiros para o ar disparados por Lucky Ned Pepper. Achou que a briga tinha começado, abandonou a postura de cócoras, se ergueu e disparou um tiro ágil na direção do homem que identificara corretamente como chefe dos malfeitores.

 Rooster disse que aquilo era história para boi dormir e acusou LaBoeuf de ter pegado no sono e começado a atirar de puro pânico quando os tiros de advertência o acordaram. Eu pensei que contava a favor de LaBoeuf o fato de que seu primeiro disparo havia acertado e matado o cavalo de Lucky Ned Pepper. Se estivesse atirando de pânico, será que teria chegado tão perto de acertar o chefe dos bandidos no primeiro tiro? Por outro lado, ele alegava ser um homem da lei e atirador tarimbado, e se tivesse sido alertado e disparado um tiro deliberadamente, será que não teria acertado seu alvo? Só LaBoeuf podia saber a verdade a respeito. Fui ficando cada vez mais impaciente com a discussão dos dois sobre o assunto. Acho que o Rooster ficou com raiva porque a execução do plano fora tirada de suas mãos e porque Lucky Ned Pepper mais uma vez levara a melhor sobre ele.

 Os dois homens da lei não tomaram nenhuma atitude de perseguir o bando de ladrões e eu sugeri que era melhor começarem a se mexer. Rooster disse que sabia perfeitamente bem qual era o destino deles e que não queria se arriscar a cair numa emboscada no meio do caminho. LaBoeuf argumentou que nossos cavalos estavam descansados e os deles não. Disse que a gente podia rastrear eles com facilidade e alcançá-los em dois tempos. Mas o Rooster queria levar os cavalos roubados e os bandidos mortos até a venda de McAlester e ser o primeiro a reivindicar qualquer recompensa que a M. K. & T. Railroad pudesse oferecer. Dezenas de federais, detetives da ferrovia e informantes entrariam em breve na jogada, disse ele.

LaBoeuf estava esfregando neve nos cortes em seu braço pra estancar o sangramento. Ele tirou seu lenço de pescoço para usar como bandagem, mas não conseguia fazer o curativo com uma mão só e eu ajudei.

Rooster ficou olhando eu cuidar do braço do texano e disse, "Isso não é serviço seu. Vai lá dentro e faz um pouco de café".

Eu disse, "Não vai demorar nada".

Ele disse, "Larga isso aí e vai fazer café".

Eu disse, "Por que cê tá bancando o idiota desse jeito?"

Ele se afastou e eu terminei de amarrar o braço. Esquentei o sofky, tirei os bagaços de dentro e fervi um pouco de café na lareira. LaBoeuf se juntou ao Rooster no abrigo dos animais e prenderam os seis cavalos com cabrestos e uma comprida corda de cânhamo-de-manilha; depois amarraram os quatro corpos atravessados no lombo deles como se fossem sacas de milho. O cavalo castanho pertencente a Moon se assustou e mostrou os dentes e não queria permitir que o dono morto fosse colocado sobre seu lombo. Um cavalo menos irritável foi encontrado para esse fim.

Rooster não soube identificar o homem que havia dado meia-volta para resgatar o Lucky Ned Pepper. Eu disse "homem". Era só um menino, na verdade, não muito mais velho do que eu. Sua boca estava aberta e não suportei olhar pra ele. O tal do Haze era velho, com uma cara amarela e enrugada. Os dois tiveram que suar muito pra conseguir soltar o revólver de sua mão com o "aperto mortal" do *rigor mortis*.

Os dois homens da lei encontraram o cavalo de Haze no bosque ali perto. Ele não estava machucado. Bem atrás da sela o cavalo carregava dois sacos de aniagem, e dentro dos sacos tinha cerca de trinta e cinco relógios, anéis de mulheres, algumas pistolas e mais ou menos seiscentos dólares em cédulas e moedas. A pilhagem dos passageiros do Katy! Quando inspecionava o terreno onde os bandidos tinham contra-atacado, LaBoeuf encontrou alguns cartuchos de cobre. Mostrou-os para Rooster.

Eu disse, "Eles são o quê?"

Rooster disse, "Esse aqui é um quarenta e quatro, com espoleta na borda, de um rifle Henry".

Assim a gente conseguiu mais uma pista. Mas a gente não conseguiu o Chaney. Não conseguimos nem pôr os olhos em cima dele só pra ter certeza. Tomamos um café da manhã apressado daquela papa indígena e partimos dali.

Era uma viagem só de uma hora até a estrada do Texas. A gente foi como numa caravana. Se vocês tivessem tido a chance de cavalgar pela estrada do Texas naquela brilhante manhã de dezembro, teriam encontrado dois homens da lei com os olhos vermelhos e uma jovem sonolenta dos arredores de Dardanelle, Arkansas, rumando a passo para o sul e puxando sete cavalos. Se olhassem com atenção, teriam visto que quatro desses cavalos estavam cobertos com os corpos de assaltantes armados e ladrões de gado. De fato cruzamos com diversos viajantes e eles ficavam maravilhados e espantados com nossa carga macabra.

Alguns deles já tinham ouvido falar do roubo do trem. Um sujeito, um índio, contou pra nós que os assaltantes haviam levado 17 mil dólares em dinheiro do vagão postal. Dois homens em uma pequena carruagem disseram que pelo que ficaram sabendo a quantia fora de 70 mil dólares. Uma baita diferença!

Mas os relatos coincidiam em termos gerais sobre as circunstâncias do roubo. O que aconteceu foi o seguinte: os bandidos quebraram a alavanca de manobras do entroncamento em Wagoner's Switch e forçaram o trem por um ramal de gado. Ali eles renderam o maquinista e o foguista e ameaçaram matá-los se o funcionário do vagão postal não abrisse as portas de seu carro. O funcionário resolveu dar uma de valente e se recusou a abrir. Os assaltantes mataram o foguista. Mas o homem continuou teimando. Então os ladrões explodiram as portas com dinamite e o funcionário morreu na explosão. Mais dinamite foi usada para abrir o cofre. Enquanto tudo isso acontecia, dois bandidos iam de vagão em vagão com os revólveres em punho coletando a "pilhagem" dos passageiros. Um sujeito no vagão-leito protestou contra a afronta e foi agredido e ferido na cabeça com um cano de pistola. Foi o único que sofreu alguma coisa, tirando o foguista e o funcionário do vagão postal. Os bandidos mantiveram os chapéus bem enterrados e usavam lenços amarrados no rosto, mas Lucky Ned Pepper foi reconhecido por ser baixinho e dar as ordens. Ninguém mais foi identificado. E assim se deu o roubo do trem Katy em Wagoner's Switch.

Cavalgar pela estrada do Texas era moleza. A pista era larga, e a superfície, muito batida, como o Rooster descrevera. O céu limpara e a neve derreteu rapidamente com o calor e os raios bem-vindos do "Astro Rei".

Enquanto cavalgávamos, LaBoeuf começou a assobiar umas melodias, talvez para afastar seus pensamentos do braço ferido. Rooster disse "O diabo carregue um homem que assobia!" Foi a coisa errada a dizer se ele queria que o outro parasse. LaBoeuf então precisou continuar para mostrar que não dava a mínima para a opinião do Rooster. Após algum tempo ele tirou um berimbau de boca de seu bolso. Começou a dedilhar e vibrar o instrumento. Tocou músicas de rabeca. Anunciou *Soldier's Joy*, e tocou. Depois, *Johnny in the Low Ground*, e tocou. Depois, *The Eighth of January*, e tocou essa aí também. Todas pareciam a mesma canção. LaBoeuf disse, "Tem alguma em particular que gostaria de ouvir, Cogburn?" Estava tentando fazer com que "perdesse as estribeiras". Rooster não respondeu. LaBoeuf então tocou algumas canções de menestrel e guardou o peculiar instrumento.

Depois de alguns minutos, fez a seguinte pergunta para o Rooster, apontando os grandes revólveres nos coldres da sela: "Você andava com essas aí, na guerra?"

Rooster disse, "Ando com elas há muito tempo".

LaBoeuf disse, "Imagino que você tenha sido da cavalaria".

Rooster disse, "Esqueci o nome exato que eles chamavam aquilo".

"Eu queria ter entrado pra cavalaria", disse LaBoeuf, "mas era novo demais e não tinha um cavalo. Nunca me conformei com isso. Entrei pro Exército quando fiz quinze anos e vi os últimos seis meses da guerra. Minha mãe chorava porque fazia três anos que meus irmãos não voltavam pra casa. Eles se mandaram na primeira rufada de tambor. O Exército me pôs no departamento de víveres e eu contava a carne e as sacas de aveia pro general Kirby-Smith em Shreveport. Não era trabalho pra um soldado. Eu queria largar o Departamento do Trans-Mississippi e partir para o leste. Queria ver a ação de verdade. Na última hora apareceu a oportunidade de viajar pra lá com um oficial de intendência, o major Burks, que estava sendo transferido pro Departamento da Virgínia. Nosso destacamento era de vinte e cinco homens e a gente chegou lá a tempo das batalhas de Five Forks e Petersburg e daí acabou tudo. Nunca me conformei por não ter conseguido cavalgar ao lado de Stuart ou Forrest ou algum outro. Shelby e Early."

Rooster não falou nada.

Eu disse, "Parece que seis meses tava de bom tamanho pra você".

LaBoeuf falou, "Não, parece fanfarrice e estupidez, mas não foi assim. Eu quase fiquei doente quando soube da rendição".

Falei, "Meu pai disse que foi a maior alegria voltar pra casa. Ele quase morreu no caminho".

Então LaBoeuf disse pro Rooster, "É duro de acreditar que um homem não consegue se lembrar de onde serviu na guerra. Você não lembra nem do seu regimento?"

Rooster disse, "Acho que chamavam de departamento de bala. Fiquei quatro anos lá".

"Você não pensa coisa muito boa a meu respeito, não é, Cogburn?"

"Eu nem penso a seu respeito quando você fica de boca fechada."

"Você tá enganado sobre mim."

"Não gosto desse tipo de conversa. Parece conversa de mulher."

"Me contaram em Fort Smith que você cavalgou com o Quantrill e aquele bando da fronteira."

Rooster não respondeu.

LaBoeuf disse, "Ouvi dizer que não eram soldados coisa nenhuma, mas uns ladrões assassinos".

Rooster disse, "Ouvi dizer a mesma coisa".

"Ouvi dizer que eles mataram mulheres e crianças em Lawrence, Kansas."

"Ouvi dizer a mesma coisa. É uma mentira dos diabos."

"E você, tava lá?"

"Lá onde?"

"No ataque em Lawrence."

"Muita mentira tem sido contada nessa história."

"Você nega que atiraram tanto em soldados como em civis, e que puseram fogo na cidade?"

"A gente sentiu falta do Jim Lane. Em que exército você tava, mister?"

"Fiquei em Shreveport primeiro com o Kirby-Smith…"

"Sei, você já falou sobre todos os departamentos. De que *lado* estava?"

"Eu estava no Exército da Virgínia do Norte, Cogburn, e não preciso baixar a cabeça quando digo isso. Agora pode fazer outra piada a respeito. Você só tá querendo se exibir pra essa menina Mattie com o que pensa ser sua língua afiada."

"Isso parece mulher falando."

"É, continua assim. Me faz passar por bobo na frente da menina."

"Não preciso fazer muito, acho que ela já viu por si mesma."

"Você tá enganado a meu respeito, Cogburn, e não aprecio o tom dessa sua conversa."

"Isso não é coisa pra você se preocupar. Nem isso nem o capitão Quantrill."

"*Capitão* Quantrill!"

"Vamos parar por aí, LaBoeuf."

"Capitão do quê?"

"Se tá procurando briga, eu posso lhe fazer o obséquio. Se não, melhor deixar esse assunto pra lá."

"*Capitão* Quantrill, essa é boa!"

Avancei entre os dois e disse, "Andei pensando numa coisa. Escutem só. Tinha seis bandidos e dois ladrões de gado e mesmo assim só seis cavalos no esconderijo. Qual a explicação pra isso?"

Rooster disse, "Eles só precisavam de seis cavalos e mais nada".

Eu disse, "Sei, mas esses seis incluem os cavalos que pertenciam ao Moon e ao Quincy. Tinha só quatro cavalos roubados."

Rooster disse, "Eles iam ter levado os outros dois também e trocado eles mais tarde. Já fizeram assim antes".

"Então o que o Moon e o Quincy iam usar de montaria?"

"Ia sobrar pra eles os seis cavalos cansados."

"Ah. Eu tinha esquecido desses."

"Era só uma troca por alguns dias."

"Eu tava pensando que o Lucky Ned Pepper podia ter planejado matar os dois ladrões de gado. Ia ser um plano traiçoeiro, mas assim os dois não iam poder entregar ele. O que você acha?"

"Não, Ned não ia fazer uma coisa dessas."

"Por que não? Ele e o seu bando de renegados mataram um foguista e um funcionário do vagão postal no trem Katy ontem à noite."

"O Ned não sai por aí matando as pessoas sem um bom motivo. Se ele tem um bom motivo, ele mata."

"Você pode pensar o que achar melhor", disse eu. "Eu acho que traição era parte do plano."

Chegamos ao armazém de J. J. McAlester lá pelas dez da manhã. Os moradores do povoado se aproximaram pra ver os mortos e houve suspiros e murmúrios diante do espetáculo de horror, tornado ainda pior pelo modo como a manhã de inverno estava ensolarada e alegre. Devia ser dia de compras, pois havia inúmeras carroças e cavalos amarrados nos arredores da loja. Os trilhos da ferrovia passavam nos fundos. Havia pouca coisa no lugar além do prédio do armazém e umas poucas estruturas menores de madeira e troncos em condições precárias, e mesmo assim, se não estou enganada, essa era na época uma das melhores vilas da Nação Choctaw. O armazém é hoje parte da moderna cidadezinha de McAlester, Oklahoma, onde por um longo tempo o "carvão foi rei". McAlester é também a sede internacional da Ordem do Arco-Íris para Meninas.

Não havia nenhum médico de verdade por lá nessa época, mas havia um jovem índio com algum treinamento em medicina e competência suficiente pra consertar ossos quebrados e cuidar de ferimentos com arma de fogo. LaBoeuf saiu à sua procura para se tratar.

Fui com o Rooster, que estava procurando um policial índio conhecido seu, um certo capitão Boots Finch, da Cavalaria Ligeira Choctaw. Esse oficial de polícia lidava apenas com crimes indígenas, e, quando havia homens brancos envolvidos, a Cavalaria Ligeira não tinha qualquer autoridade. Encontramos o capitão numa pequena cabana de troncos. Estava sentado sobre uma caixa junto a um fogão, cortando o cabelo. Era um sujeito magro, mais ou menos da idade do Rooster. Ele e o barbeiro índio não faziam ideia da agitação causada por nossa chegada.

Rooster chegou por trás do capitão e o agarrou na altura das costelas com as duas mãos, dizendo, "Como anda a saúde do povo, Boots?"

O capitão levou um susto e fez menção de pegar sua pistola, mas daí viu quem era. Disse, "Puxa, ora essa, Rooster. O que traz você tão cedo à cidade?"

"Isso é uma cidade? Pensei que fosse o mato."

O capitão Finch riu da piada. Disse, "Você deve ter viajado rápido se está aqui por conta do negócio em Wagoner's Switch".

"Esse negócio mesmo, não tenha dúvida."

"Foi o baixinho Ned Pepper e mais cinco. Imagino que já esteja sabendo disso."

"Já. Quanto eles levaram?"

"O sr. Smallwood diz que pegaram 17 mil dólares em dinheiro e um pacote de correspondência registrada do cofre.

Ele não sabe o total dos valores reclamados pelos passageiros. Receio que esteja na pista errada, aqui."

"Quando foi a última vez que você viu o Ned?"

"Disseram que ele passou por aqui dois dias atrás. Ele, o Haze e um mexicano num pônei malhado barrigudo. Eu mesmo não vi. Eles não vão voltar por esse caminho."

Rooster disse: "Esse mexicano era o Greaser Bob."

"O mais novo?"

"Não, o velho, o Original Bob, de Fort Worth."

"Ouvi dizer que ele tinha levado um tiro em Denison e ficado gravemente ferido, e que tinha largado essa vida arriscada."

"É duro acabar com o Bob. Ele teima em não ficar morto. Tô procurando outro sujeito. Acho que tá com o Ned. É baixo, tem uma marca preta no rosto e anda com um rifle Henry."

O capitão Finch pensou a respeito. Disse, "Não, pelo que eu soube, só tavam os três por lá. Haze, o mexicano e o Ned. A gente tá de olho na casa da mulher dele. É uma perda de tempo e não é da minha conta, mas mandei um homem pra vigiar".

Rooster disse, "É perda de tempo mesmo. Eu sei onde tá o Ned".

"É, eu também sei, mas vai precisar de uns cem federais pra desentocar ele de lá."

"Não tanto assim."

"Não tanto se fossem choctaws. Quanto era o destacamento dos federais em agosto? Quarenta?"

"Quase cinquenta", disse Rooster. "O Joe Schmidt tava organizando a busca, quer dizer, desorganizando. Quem tá organizando dessa vez sou eu."

"Tô surpreso que seu chefe mandou você numa caçada dessas sem supervisão."

"Dessa vez ele não teve como evitar."

O capitão Finch disse, "Eu podia levar você até lá, Rooster, e mostrar como trazer o Ned".

"Será que podia mesmo? Bom, índio faz barulho demais pro meu gosto. Você também não acha, Gaspargoo?"

Esse era o nome do barbeiro. Ele deu risada e pôs a mão na frente da boca. Gaspargoo é também o nome de um peixe muito bom de comer.

Eu disse pro capitão, "Acho que o senhor deve estar querendo saber quem sou eu".

"Puxa, era *isso mesmo* que eu queria saber", disse ele. "Eu tava pensando que você fosse um chapéu ambulante."

"Meu nome é Mattie Ross", disse eu. "O homem com a marca preta atende pelo nome de Tom Chaney. Ele baleou e matou meu pai em Fort Smith e depois roubou ele. O Chaney tava bêbado e meu pai não tava armado naquela hora."

"Lamento muito", disse o capitão.

"Quando a gente encontrar ele, a gente vai dar umas cacetadas nele, prender e levar de volta pra Fort Smith", disse eu.

"Desejo boa sorte a vocês. A gente não quer o homem por aqui."

Rooster disse, "Boots, preciso de uma mão. Estou com o Haze e um outro mais novo comigo, junto com o Emmett Quincy e o Moon Garrett. Tô com uma pressa dos diabos e queria saber se você não podia enterrar os rapazes pra mim".

"Eles tão mortos?"

"Todos mortos", disse Rooster. "Como é mesmo que o juiz fala? Seus dias de depredação chegaram a um merecido fim."

O capitão arrancou o pano do barbeiro de sob o pescoço. Ele e o barbeiro foram até os fundos, onde os cavalos estavam presos. Rooster contou pra eles sobre o tiroteio e a toca.

O capitão agarrava cada morto pelos cabelos e, quando reconhecia o rosto, resmungava e dizia o nome. O Haze não tinha um fio de cabelo e o capitão Finch o ergueu pelas orelhas. A gente descobriu que o menino se chamava Billy. O pai dele cuidava de uma serraria a vapor no rio South Canadian, o capitão contou pra gente, e tinha família grande em casa. Billy era um dos filhos mais velhos e costumava ajudar o pai no corte da madeira. Não se sabia de nenhum delito do menino previamente àquilo. Quanto aos outros três, o capitão não sabia se haveria alguém para reclamar os corpos.

Rooster disse, "Muito bem, guarda o Billy pra família e enterra os outros. Vou pregar o nome deles em Fort Smith e, se alguém quiser, pode vir desenterrar". Depois ele passou por trás dos cavalos dando um tapa em suas ancas. Disse, "Esses quatro cavalos foram roubados do sr. Burlingame. Esses três aqui eram do Haze, do Quincy e do Moon. Vê o que você consegue por eles, Boots, e vende as selas, as armas e os casacos, que a gente divide. Assim parece bom pra você?"

Eu disse, "Você falou pro Moon que ia mandar pro irmão dele o dinheiro que conseguisse pelos pertences dele".

Rooster disse, "Esqueci onde ele falou que era pra mandar".

Eu disse, "O superintendente do distrito da Igreja Metodista em Austin, Texas. O irmão dele é um pregador chamado George Garrett".

"Era Austin ou Dallas?"

"Austin."

"Melhor ver direito."

"Era Austin."

"Então tudo bem, escreve isso aí pro capitão. Manda dez dólares pra esse homem, Boots, e conta pra ele que o irmão dele levou uma facada e tá enterrado aqui."

O capitão Finch disse, "Você vai dar uma passada no sr. Burlingame?"

"Não tenho tempo", disse Rooster. "Eu queria que você avisasse ele sobre isso se puder. Só não deixe de informar o sr. Burlingame que foi o agente federal Rooster Cogburn que recuperou os cavalos dele."

"Quer que a garota do chapéu escreva isso?"

"Acho que você consegue lembrar, se fizer uma força."

O capitão Finch chamou uns indiozinhos que estavam por perto olhando pra nós. Calculei que estava falando com eles na língua choctaw pra cuidar dos cavalos e do enterro dos corpos. Precisou falar uma segunda vez e com muita aspereza pra que eles chegassem perto dos corpos.

O representante da ferrovia era um sujeito de idade chamado Smallwood. Ele elogiou a gente por nossa coragem e ficou muito feliz de ver os sacos de dinheiro e objetos de valor que a gente recuperou. Vocês podem achar que o Rooster foi desalmado em se apropriar dos pertences dos mortos, mas devo dizer que ele não encostou em um centavo do dinheiro roubado sob a mira do revólver dos passageiros do trem Katy. O Smallwood conferiu a "pilhagem" e disse que sem dúvida aquilo ajudaria a cobrir a perda, embora soubesse por experiência que algumas vítimas exageravam na hora de reivindicar o que era seu.

Ele conhecera pessoalmente o funcionário assassinado e disse que o homem fora um leal empregado da M. K. & T. por vários anos. Na juventude esse funcionário havia sido um conhecido atleta de corridas no Kansas. Ele mostrou seu brio até o fim. Smallwood não conheceu pessoalmente o foguista. Nos dois casos, disse, a M. K. & T. ia tentar fazer alguma coisa pelas famílias enlutadas, embora os tempos andassem difíceis e os ganhos por baixo. E diziam que Jay Gould não tinha coração! Smallwood também assegurou a Rooster que a ferrovia agiria corretamente com ele, desde que "limpasse" o bando de ladrões de Lucky Ned Pepper e recuperasse o dinheiro roubado do vagão postal.

Aconselhei Rooster a pegar uma declaração por escrito de Smallwood nesse sentido, junto com um recibo discriminando item por item, com data e hora, dos dois sacos da "pilhagem". Smallwood ficou receoso de comprometer sua empresa a esse ponto, mas no fim conseguimos tirar dele um recibo e uma declaração dizendo que o Rooster trouxera nesse dia os corpos sem vida de dois homens "que, segundo alega, tomaram parte no referido roubo". Acho que o Smallwood era um cavalheiro, mas os cavalheiros também são humanos e a memória deles às vezes falha. Negócios são negócios.

O sr. McAlester, dono do armazém, era um bom homem do Arkansas. Ele também louvou nossas ações e mandou buscar pra nós toalhas e vasilhas com água quente e um sabonete de oliva cheiroso. A esposa dele serviu pra nós um bom almoço caseiro, com um pouco de leite magro fresco. LaBoeuf se juntou a nós na farta refeição. O índio com treinamento médico conseguira remover todas as farpas maiores e fragmentos de chumbo e pusera uma firme atadura. Naturalmente o braço continuou duro e dolorido, embora o texano pudesse fazer um uso limitado dele.

    Depois que a gente comeu até se empanturrar, a esposa do sr. McAlester me perguntou se eu não queria deitar um pouco na cama dela pra tirar um cochilo. Fiquei muito tentada, mas percebi a jogada. Eu tinha notado o Rooster conversando com ela à socapa na mesa. Concluí que ele estava tentando se livrar de mim mais uma vez. "Muito obrigada, dona, não tô cansada", disse eu. Foi a maior mentira que já contei na vida!

    A gente não partiu de uma vez porque o Rooster descobriu que seu cavalo Bo perdera uma ferradura da frente. Fomos até a lojinha de um ferrador. Enquanto esperava por lá, LaBoeuf consertou a coronha quebrada de seu rifle Sharps enrolando um arame de cobre em volta dela. Rooster apressou o ferrador pra que executasse logo o serviço, pois ele não queria perder mais tempo ali naquele povoado. Queria se manter à frente do destacamento de federais que ele sabia estar naquele preciso momento percorrendo cada palmo de terreno atrás de Lucky Ned Pepper e seu bando.

    Ele disse pra mim, "Maninha, chegou a hora da gente andar com rapidez. Vai ser um dia forte de cavalgada pro lugar onde eu tô indo. Espera aqui e a sra. McAlester cuida do seu conforto. Eu volto amanhã ou depois com o nosso homem".

    "Não, eu vou junto", disse eu.

    LaBoeuf disse, "Ela já veio até aqui".

    Rooster disse, "E já foi o suficiente".

    Eu disse, "Acha que estou disposta a desistir, agora que a gente tá tão perto?"

    LaBoeuf disse, "Tem uma coisa no que ela diz, Cogburn. Acho que vem se saindo bastante bem. Fez por merecer a comenda, por assim dizer. Isso é só minha opinião pessoal".

    Rooster ergueu a mão e disse, "Tudo bem, deixa pra lá. Eu já falei o que tinha pra falar. Não vamos perder ainda mais tempo com essa conversa de comendas".

Partimos do lugar lá pelo meio-dia, tomando o rumo leste e ligeiramente ao sul. Rooster não tinha mentido quando disse "cavalgada forte". Aquele Bo de pernas compridas abriu distância dos dois pôneis com a maior facilidade, mas o peso começou a falar mais alto após alguns quilômetros, e Little Blackie e o pônei peludo não demoraram a encurtar a vantagem não muito depois. Galopamos como uns "condenados" por uns quarenta minutos e daí paramos, apeamos e caminhamos por algum tempo, dando um descanso pros cavalos. Foi enquanto a gente andava que um cavaleiro se aproximou chamando a gente e então nos alcançou. A gente tava numa pradaria e viu sua aproximação de longe.

Era o capitão Finch, muito exaltado com uma notícia. Ele contou que, pouco depois que a gente foi embora do McAlester, chegou a informação de que Odus Wharton fugira da cadeia no porão em Fort Smith. A fuga acontecera no começo daquela manhã.

O que aconteceu foi o seguinte: pouco depois do café da manhã, dois prisioneiros que tinham privilégios por bom comportamento apareceram com um barril de serragem pra usar nas escarradeiras daquela masmorra fétida. Estava um escuro dos diabos lá embaixo e num instante de distração dos guardas os prisioneiros esconderam Wharton e outro assassino condenado dentro do barril. Os dois homens eram de baixa estatura e de peso insignificante. Os prisioneiros então carregaram os dois para fora e para a liberdade. Uma ousada fuga à luz do dia em um barril bojudo! Que "proeza" mais engenhosa! Os prisioneiros fugiram junto com os assassinos condenados e muito provavelmente receberam uma gorda recompensa por sua audácia.

Ao saber das novidades, Rooster não pareceu furioso nem minimamente perturbado, apenas achou graça. Vocês devem estar se perguntando por quê. Ele tinha seus motivos e, entre eles, estavam os seguintes: o de que Wharton agora não tinha a menor chance de conseguir uma comutação de pena por parte do presidente R. B. Hayes e também o de que a fuga constituiria pro dr. Goudy na cidade de Washington um bocado de dor de cabeça, e sem dúvida significaria um belo desfalque em seus proventos, já que clientes que resolvem por conta própria seus problemas tendem a não mostrar muita pressa em pagar os devidos honorários a um advogado.

O capitão Finch disse, "Achei que era melhor você ficar sabendo disso".

Rooster disse, "Eu agradeço, Boots. Agradeço por ter vindo até aqui".

"Wharton vai vir atrás de você."

"Se não tomar cuidado, vai me encontrar."

O capitão Finch deu uma olhada em LaBoeuf, depois disse pro Rooster, "Esse é o sujeito que baleou o cavalo do Ned com ele em cima?"

Rooster disse, "Isso mesmo, esse é o famoso assassino de cavalos de El Paso, Texas. A ideia dele é deixar todo mundo a pé. Ele diz que isso vai limitar seus delitos".

O rosto de pele clara de LaBoeuf ficou todo congestionado de sangue e raiva. Ele disse, "A luz era muito pouca e eu atirei de improviso. Não tive nem tempo de achar um apoio".

O capitão disse, "Não tem necessidade nenhuma de se desculpar por aquele tiro. Teve muito mais gente que errou do que acertou o Ned".

"Não estava me desculpando", disse LaBoeuf. "Só explicando as circunstâncias."

"O próprio Rooster aqui já deixou o Ned escapar algumas vezes, com cavalo e tudo", disse o capitão. "E acho que está a caminho de deixar escapar mais uma vez."

Rooster segurava uma garrafa com um resto de uísque dentro. Disse, "Continua pensando assim". Esvaziou a garrafa com três talagadas, enfiou a rolha de volta e jogou a garrafa no ar. Sacou o revólver, disparou duas vezes e errou as duas. A garrafa caiu e rolou, e Rooster atirou mais duas ou três vezes até conseguir estourá-la no chão. Pegou o saco de cartuchos e recarregou a arma. Disse, "O china andou me empurrando cartucho vagabundo outra vez".

LaBoeuf disse, "Achei que talvez o sol tivesse batido nos seus olhos. Quer dizer, no seu olho".

Rooster encaixou de volta o cilindro na pistola e disse, "Olhos, é? Vou mostrar os olhos pra você!" Arrancou o saco de broinhas da bagagem em sua sela. Tirou uma de dentro, jogou pro alto, disparou e errou. Daí jogou mais uma e acertou. A broinha explodiu no ar. Ficou muito satisfeito consigo mesmo, pegou uma garrafa nova de uísque em sua bagagem e serviu-se de um gole.

LaBoeuf sacou um de seus revólveres, tirou duas broas do saco e jogou as duas. Disparou com muita rapidez, mas só acertou uma. O capitão Finch tentou com duas e errou as duas. Depois tentou com uma e acertou o tiro. Rooster atirou em duas e acertou uma. Eles ficaram bebendo uísque e gastaram umas sessenta broas de milho desse jeito. Nenhum deles conseguiu acertar duas numa só tacada com um revólver, mas o capitão Finch finalmente conseguiu com seu rifle de repetição Winchester, com algum outro jogando. Foi divertido por um tempo, mas não tinha nada de instrutivo naquilo. Fui ficando cada vez mais impaciente com eles.

Eu disse, "Vamos andando, esse negócio já encheu. Tô pronta pra ir. Atirar em broa de milho aqui nessa pradaria não vai levar a gente a lugar nenhum".

A essa altura o Rooster tava usando seu rifle e o capitão jogava pra ele. "Lança bem alto e não muito longe, dessa vez", disse ele.

Finalmente o capitão Finch resolveu ir embora e voltou por onde viera. Continuamos a jornada rumo leste, com as montanhas Winding Stair como nosso destino. Perdemos uma boa meia hora naquela bobagem dos tiros, mas o pior de tudo foi que o negócio atiçou Rooster pra bebida.

Ele bebia até enquanto a gente cavalgava, um troço que parecia difícil. Não posso dizer que atrasava sua marcha, mas sem dúvida o fazia parecer um tolo. Por que as pessoas *querem* parecer tolas? Continuamos no nosso ritmo acelerado, cavalgando forte por quarenta ou cinquenta minutos e depois seguindo a pé durante um trecho. Acho que essas caminhadas eram um descanso mais bem-vindo pra mim do que pros cavalos. Eu nunca disse que era um caubói! Little Blackie não vacilava. Mostrava bom fôlego e sua verve era tal que não deixava a montaria peluda de LaBoeuf tomar a dianteira na corrida aberta. Sim, senhor, podem apostar que nunca viram um pônei mais disposto!

    Galopamos através de amplas pradarias, galgamos colinas calcárias arborizadas, abrimos caminho em meio a depressões cobertas de arbustos e a córregos gelados. Grande parte da neve derreteu sob o sol, mas à medida que as longas sombras do crepúsculo baixavam em todo seu purpúreo encanto, a temperatura baixava igualmente. Estávamos muito acalorados com todo o nosso esforço, e o ar frio da noite no começo veio em boa hora, mas depois foi trazendo cada vez mais desconforto, à medida que diminuíamos nosso passo. Não podíamos avançar rápido depois de escurecer porque teria sido perigoso para os cavalos. LaBoeuf disse que os Rangers muitas vezes cavalgavam à noite para evitar o temível sol do Texas e que aquilo não era nada demais para ele. Já eu não achei muita graça naquilo.

    Tampouco apreciei os escorregões e deslizamentos quando estávamos subindo as íngremes rampas das montanhas Winding Stair. Havia enorme quantidade de grossos pinheiros naquelas colinas e vagamos de um lado a outro na dupla escuridão da floresta. Rooster nos fez parar duas vezes para desmontar e procurar algum sinal. Já estava bem perto de ficar bêbado. Mais tarde começou a falar sozinho e uma das coisas que eu escutei ele dizer foi o seguinte: "Bom, a gente fez o melhor que pôde com o que tinha. A gente tava em guerra. Tudo que a gente tinha eram revólveres e cavalos." Presumi que estivesse remoendo as palavras duras que LaBoeuf lhe dirigira em respeito ao período que servira na guerra. Foi ficando cada vez mais ruidoso, mas era difícil dizer se estava falando consigo mesmo ou se dirigindo a nós. Acho que era um pouco das duas coisas. Numa subida particularmente longa ele caiu do cavalo, mas ficou de pé rápido e voltou a montar.

    "Não foi nada, não foi nada", disse. "Bo pisou em falso, só isso. Ele tá cansado. Essa rampa não é de nada. Já transportei fogão de ferro em subida mais forte que essa, e porco também. Perdi catorze barris de carne de porco numa estrada de pirambeira não muito mais íngreme que essa e o velho Cook nunca nem pestanejou. Eu era um tropeiro danado de bom pra conduzir a tropa na rédea única, sempre conversei bem com as mulas, mas boi era outra história. A gente não consegue com o gado a mesma toada ligeira que consegue com as mulas. Gado é devagar pra começar e devagar pra manobrar e devagar pra parar. Levei um tempo pra descobrir isso. O porco tava dando um baita de um preço bom por lá naquela época, mas o velho Cook era um negociante direito e me deixou reparar pelo preço do lote. Sim, senhor, ele pagava um salário liberal, também. O homem fazia dinheiro e não se importava de ajudar os outros a fazer também. Vou dizer pra vocês quanto ele fez. Ele fez cinquenta mil dólares num ano só com aquelas carroças, mas não gozava de boa saúde. Sempre de cama com alguma coisa. Ele era todo curvado e tinha o pescoço duro de tanto beber Jamaica Ginger. Tinha que falar com você erguendo os olhos pelo meio dos cabelos, desse jeito, a não ser quando tava deitado, e, como eu digo, aquele papagaio endinheirado ficava deitado um bocado. Ele tinha uma bela duma cabeleira castanha, não caiu um fio até o dia que ele morreu. Só parecia velho. Carregava uma solitária de quase sete metros, além das responsabilidades com o negócio, e isso envelheceu ele. No fim acabou matando ele. Ninguém nem sabia que tinha aquilo enquanto ele não morreu, mesmo ele comendo como um trabalhador braçal, comia até cinco, seis boas refeições todo dia. Se tivesse vivo hoje, eu ainda tava lá com ele. Sim, senhor, eu sei que tava, e com quase toda certeza tava também com dinheiro no banco. Precisei picar a mula quando a esposa dele começou a dirigir o negócio. Ela disse, 'Não pode me largar desse jeito, Rooster. Todos os meus tocadores tão me deixando'. Eu falei pra ela, eu disse, 'Já fui'. Não, senhor, eu não tava disposto a trabalhar pra ela e falei pra ela isso. Mulher não conhece generosidade. Elas querem tudo na mão e nada saindo. Não mostram confiança. Senhor Deus, como elas odeiam pagar a pessoa! Fazem a gente trabalhar por dois e aposto que batiam na gente com o chicote se pudessem. Não, senhor, eu não. Eu nunca. Um homem não trabalha pra uma mulher, só se a cabeça dele tiver coalhada em vez de miolo."

LaBoeuf disse, "Foi o que eu disse pra você lá em Fort Smith".

Não sei se o texano estava dirigindo esse comentário pra mim, mas, se estava, "entrou por um ouvido e saiu pelo outro". A pessoa nunca deve dar qualquer importância pras palavras de um bebum, e, mesmo que desse, eu sabia que o Rooster não podia estar falando de mim naquela sua crítica bêbada das mulheres, não com o dinheiro que eu estava pagando pra ele. Eu podia ter acabado com ele e aquelas suas bobagens ali mesmo dizendo, "E eu? E os vinte e cinco dólares que dei pra você?" Mas não estava com vontade nem disposição pra ficar batendo boca com um bebum. O que a pessoa conquista por ter levado a melhor sobre um tolo?

Pensei que a gente nunca ia parar e que já devia estar perto de Montgomery, Alabama. De vez em quando a gente, o LaBoeuf e eu, interrompia o Rooster e perguntava se faltava muito, e ele respondia, "Falta pouco, agora", e daí ele retomava algum capítulo na longa e aventurosa narrativa de sua vida. Ele tinha visto um bocado de conflitos em suas idas e vindas.

Quando finalmente parou, Rooster apenas disse, "Acho que aqui tá bom". Já era bem depois da meia-noite. A gente tava num lugar mais ou menos nivelado em uma floresta de pinheiros no alto da montanha, e isso era só o que eu conseguia determinar. Eu estava tão cansada e doída que não conseguia nem pensar direito.

Rooster afirmou que pelos seus cálculos a gente tinha feito uns oitenta quilômetros — *oitenta quilômetros!* — desde a loja do McAlester e devia estar agora a uns seis do esconderijo de bandidos do Lucky Ned Pepper. Daí ele se embrulhou naquele seu manto de búfalo e se retirou sem a menor cerimônia, deixando o LaBoeuf cuidar dos cavalos.

O texano matou a sede deles com água dos cantis, depois deu comida e prendeu. Deixou as selas nos lombos para aquecer, mas afrouxou as cilhas. Os pobres dos cavalos estavam exaustos.

Não acendemos fogueira. Fiz uma refeição ligeira com sanduíches de bacon. O pão estava muito duro. Havia uma camada de agulhas de pinheiro sob a neve irregular e eu rastelei uma pilha grossa com as mãos pra fazer um colchão silvestre. Tinha terra nas agulhas, e elas pinicavam e estavam um pouco úmidas, mas mesmo assim deram a melhor cama que eu tive em toda aquela jornada. Me enrolei nas mantas e no oleado e me enfurnei ali naquela palha. Fazia uma noite clara de inverno e dava pra enxergar a Ursa Maior e a Estrela do Norte entre os ramos dos pinheiros. A lua já havia sumido. Minhas costas doíam, meus pés estavam inchados e eu estava tão cansada que minhas mãos tremiam. A tremedeira passou e em pouco tempo caí nos "braços de Morfeu".

Rooster já estava de pé na manhã seguinte antes mesmo de o sol limpar a bruma das montanhas mais elevadas a leste. Não parecia muito abatido, a despeito da forte cavalgada, dos excessos alcoólicos e do pouco sono. Insistiu todavia no café e fez uma pequena fogueira de galhos de carvalho para ferver sua água. O fogo mal expelia fumaça, apenas fiapos brancos que sumiam rapidamente, mas LaBoeuf chamou isso de um luxo insensato, considerando que estávamos tão próximos de nossas presas.

Eu me sentia como se tivesse acabado de fechar os olhos. A água nos cantis estava no fim e não me deixaram usar nem um pouco para me lavar. Apanhei o balde de lona, pus meu revólver ali dentro e saí colina abaixo à procura de uma nascente ou algum curso d'água.

A encosta era suave no começo e depois descia um tanto ou quanto abruptamente. O mato foi ficando mais espesso e eu freava minha descida agarrando nos arbustos. Desci e desci e desci. Quando me aproximava do fundo, já antecipando com apreensão a subida de volta, escutei ruídos de chapinhado e bufadas. Meu pensamento foi: *Que diacho!* Então dei num espaço aberto à margem de um regato. Do outro lado estava um homem dando de beber a alguns cavalos.

O homem era ninguém menos que Tom Chaney!

Vocês podem facilmente imaginar o choque que foi pra mim a visão daquele assassino agachado ali. Ele ainda não tinha me avistado, nem escutado, por causa do barulho feito pelos cavalos. Estava com o rifle pendurado às costas na corda de arado. Pensei em virar e correr, mas não pude me mexer. Fiquei pregada no lugar.

Então ele me viu. Levou um susto e rapidamente posicionou o rifle. Ficou mirando em mim, espiou por sobre o riacho e me observou.

Disse, "Ora, ora, eu conheço você. Seu nome é Mattie. É a pequena Mattie, a guarda-livros. Isso não é incrível?" Sorriu e relaxou o rifle, pendurando-o despreocupadamente no ombro.

Eu disse, "Eu mesma, e conheço você, Tom Chaney."

Ele disse, "O que cê tá fazendo aqui?"

Eu disse, "Eu vim buscar água".

"O que cê tá fazendo aqui nessas montanhas?"

Levei a mão ao balde e peguei meu revólver dragoon. Deixei o balde cair e segurei o revólver com as duas mãos. Disse, "Tô aqui pra levar você de volta pra Fort Smith".

Chaney riu e disse, "Bom, eu não vou. Que tal isso?"

Eu disse, "Tem um destacamento de federais lá em cima desse morro que vai forçar você a ir".

"É bom saber disso", disse ele. "Quantos tem lá em cima?"

"Mais ou menos cinquenta. Todos muito bem armados, e não tão pra brincadeira. O que eu quero que faça agora é largar esses cavalos aí, atravessar o riacho e ir comigo lá pra cima."

Ele disse, "Acho que eu vou obrigar os federais a vir atrás de mim". Começou a juntar os cavalos. Havia cinco deles, mas o cavalo do pai, Judy, não estava entre eles.

Eu disse, "Se você se recusar a ir, eu vou ter que atirar em você".

Ele continuou o que estava fazendo e disse, "Ah? Então é melhor engatilhar sua arma".

Eu tinha esquecido disso. Puxei o cão pra trás com ambos os polegares.

"Até o fim, até travar", disse Chaney.

"Eu sei como fazer", disse eu. Quando engatilhou, eu disse, "Não vai vir comigo?"

"Acho que não", disse ele. "Muito pelo contrário. É você que vem comigo."

Apontei o revólver na direção da barriga dele e o derrubei com um tiro. A detonação me jogou pra trás e tirou meu equilíbrio, e a pistola voou da minha mão. Não perdi tempo em me recuperar e fiquei de pé. A bala acertara Chaney na lateral do corpo e o deixou sentado contra uma árvore. Escutei Rooster ou LaBoeuf me chamando. "Tô aqui embaixo!", respondi. Veio outro grito da colina acima de Chaney.

Ele segurava o ferimento com as duas mãos. Disse, "Eu não achava que você fosse fazer isso".

Eu disse, "O que acha agora?"

Ele disse, "Uma das minhas costelas menores está quebrada. Dói só de respirar".

Eu disse, "Você matou meu pai quando ele tava tentando ajudar você. Tenho aqui uma das moedas de ouro que você tirou dele. Agora me dá a outra".

"Eu me arrependi de ter atirado", disse ele. "O sr. Ross foi decente comigo, mas não devia ter se metido nos meus assuntos. Eu tava bebendo e tava cego de raiva. Nada dá certo pra mim."

Seguiram-se mais gritos vindos das colinas.

Eu disse, "Não, você é só um imprestável, só isso. Disseram que você matou um senador no estado do Texas".

"Aquele homem ameaçou minha vida. Eu tive meus motivos. Tudo tá contra mim. Agora levei tiro duma criança."

"Fica de pé e atravessa esse rio antes que eu atire em você outra vez. Meu pai aceitou você quando tava morrendo de fome."

"Cê precisa me ajudar a ficar de pé."

"Não, não vou ajudar nada. Fica logo de pé."

Ele fez um movimento rápido pra pegar um pedaço de pau e eu apertei o gatilho, mas o cão estalou num fulminante ruim. Tentei outra câmara rápido, só que o cão estalou em falso outra vez. Não deu tempo de fazer uma terceira tentativa. Chaney atirou o pau pesado, me acertou no peito e eu caí pra trás.

Ele veio chapinhando pelo riacho e me agarrou pelo casaco, e daí começou a me esbofetear, me xingar e xingar meu pai. Essa era a sua natureza de patife, mudar de um bebê chorão pra um valentão cruel conforme as circunstâncias permitissem. Enfiou meu revólver na cintura e me puxou de qualquer jeito pela água. Os cavalos estavam agitados e ele conseguiu segurar dois deles pelo cabresto enquanto me segurava com a outra mão.

Escutei Rooster e LaBoeuf descendo a toda pelos arbustos atrás de nós e me chamando. "Aqui embaixo! Rápido!", gritei, e o Chaney largou meu casaco só o suficiente pra me dar outro tapa dolorido.

Preciso dizer que as vertentes eram muito íngremes em ambas as margens do riacho. Assim como os dois homens da lei desciam correndo de um lado, os comparsas de Chaney desciam do outro, de modo que todo mundo convergia para o vale e o pequeno regato montanhoso.

Os bandidos ganharam a corrida. Havia dois deles e um era um sujeitinho pequeno em "polainas de lã" que eu corretamente tomei por Lucky Ned Pepper. Continuava sem chapéu. O outro era mais alto e razoavelmente bem-vestido, com um terno de linho, um casaco de pele de urso e o chapéu firme no lugar com um cordão que passava por baixo do queixo. Esse homem era o jogador mexicano que chamava a si mesmo de The Original Greaser Bob. Eles caíram sobre nós de repente e descarregaram uma terrível rajada de balas através do riacho com seus rifles de repetição Winchester. Lucky Ned Pepper disse para o Chaney, "Pega esses cavalos que cê tem aí e vai!"

Chaney fez como ordenado e começamos a subir com os cavalos. Era uma escalada dura. Lucky Ned Pepper e o mexicano ficaram pra trás, trocando tiros com Rooster e LaBoeuf enquanto tentavam pegar os cavalos restantes. Escutei ruídos de pés chapinhando na água quando um dos homens da lei chegou correndo no riacho, depois uma saraivada de tiros quando ele foi obrigado a recuar.

Chaney teve de parar e recuperar o fôlego depois de uns trinta ou quarenta metros puxando a mim e aos dois cavalos atrás de si. Dava pra ver o sangue pela camisa dele. Lucky

Ned Pepper e o Greaser Bob alcançaram a gente. Vinham puxando dois cavalos. Presumi que o quinto cavalo tinha fugido ou sido morto. As rédeas desses dois cavalos foram passadas para o Chaney, e Lucky Ned Pepper disse pra ele, "Sobe até o fim dessa colina e não para outra vez!"

O chefe dos bandidos me agarrou com força pelo braço. Disse, "Quantos tem lá embaixo?"

"O agente Cogburn e mais cinquenta federais", disse eu.

Ele me sacudiu como se fosse um terrier sacudindo um rato. "Conta outra mentira dessas e eu racho sua cabeça!" Parte do lábio superior dele estava faltando, uma espécie de fenda de um lado que fazia ele soltar um som sibilante quando falava. Tinha também uns três ou quatro dentes quebrados nesse lugar, embora desse pra entender claramente as coisas que dizia.

Pensando melhor, eu disse, "É o agente Cogburn e outro homem".

Ele me jogou no chão e pôs a bota no meu pescoço enquanto recarregava o rifle com os cartuchos de um cinturão. Gritou, "Rooster, tá me ouvindo?" Não houve resposta. O Original Greaser estava ali perto da gente e quebrou o silêncio disparando um tiro colina abaixo. Lucky Ned Pepper gritou, "Melhor responder, Rooster! Vou matar essa garota! Sabe que mato!"

Rooster chamou lá de baixo, "Essa garota não é nada minha! É uma fugitiva do Arkansas!"

"Então tá bom!", disse Lucky Ned Pepper. "Por você, posso matar?"

"Faz o que achar melhor, Ned!", respondeu Rooster. "Ela não é nada minha, é só uma garota perdida! Pensa bem, primeiro."

"Já pensei bem! Quero você e o Potter montados nos cavalos! Se eu vir vocês passando por aquele cume descampado ali no noroeste eu poupo a vida dela! Vocês têm cinco minutos!"

"A gente precisa de mais tempo!"

"Não dou nem mais um segundo!"

"Daqui a pouco vai ter uma tropa de federais por aqui, Ned! Me entrega o Chaney e a garota e eu seguro eles por seis horas!"

"Muito pouco, Rooster! Muito pouco! Não confio em você!"

"Eu dou cobertura pra você até escurecer!"

"Seus cinco minutos tão correndo! Chega de conversa!"

Lucky Ned Pepper me puxou pra eu ficar de pé. Rooster chamou outra vez, dizendo, "A gente tá indo, mas você precisa dar tempo pra gente!"

O chefe dos bandidos não respondeu. Ele limpou a neve e a terra do meu rosto e disse, "Sua vida depende do que eles vão fazer. Nunca meti uma bala numa mulher nem em qualquer um com muito menos de dezesseis anos, mas vou fazer o que tiver que fazer".

Eu disse, "Tem um mal-entendido aqui. Eu sou Mattie Ross, de perto de Dardanelle, Arkansas. Minha família tem uma propriedade e não sei por que estou sendo tratada desse jeito".

Lucky Ned Pepper disse, "Só o que você precisa saber é que eu vou fazer o que tiver que fazer".

A gente foi subindo o morro. Um pouco mais pra cima encontramos um bandido armado com uma espingarda, agachado atrás de uma enorme laje de calcário. O nome desse homem era Harold Permalee. Acho que era retardado. Ele gorgolejou pra mim como um peru até o Lucky Ned Pepper mandar ele ficar quieto. O Greaser Bob recebeu a ordem de ficar ali com ele atrás da rocha e vigiar a subida. Eu tinha visto o jogador mexicano cair com os tiros do Rooster lá na toca, mas ele parecia agora em perfeita saúde e não havia qualquer evidência visível de ferimento. Quando a gente deixou os dois, o tal do Harold Permalee fez um ruído como "Uuuuuuááááá!", e dessa vez foi o Greaser que mandou ele calar a boca.

Lucky Ned Pepper me empurrava à frente dele através dos arbustos. Não havia trilha. Os chaps de lá faziam um som de chiado conforme se moviam pra frente e pra trás, parecido com calças de veludo cotelê. Ele era baixo e forte e sem dúvida um sujeitinho rijo, mas mesmo assim seu fôlego não era bom, e ele respirava como um homem com asma na altura em que chegamos ao covil dos bandidos.

Eles haviam montado seu acampamento numa saliência de rocha nua cerca de setenta metros abaixo do pico da montanha. Pinheiros cresciam em abundância abaixo, acima e por todos os lados. Nenhuma trilha aparente conduzia ao lugar.

A saliência era praticamente plana, mas quebrada aqui e ali por buracos e fissuras profundos. Uma caverna não muito funda servia de abrigo para dormir, pois eu vi mantas e selas espalhadas ali dentro. Uma lona de carroção, no momento recolhida, funcionava como porta e proteção contra o vento. Os cavalos estavam amarrados sob a cobertura das árvores. Ventava um bocado ali em cima e a pequena fogueira para cozinhar diante da caverna era protegida por um círculo de pedras. O lugar proporcionava a visão de uma enorme extensão de terreno a oeste e norte.

Tom Chaney estava sentado junto ao fogo com a camisa puxada pra cima enquanto um sujeito cuidava dele, prendendo um enchimento de tecido em seu lado ferido com uma corda de algodão. O homem ria conforme apertava a corda e fez o Chaney gemer de dor. "Béé, béé, béé", disse o homem, imitando o som de um bezerro dando balidos e fazendo pouco do Chaney.

Esse homem era Farrell Permalee, irmão mais novo de Harold Permalee. Ele usava um comprido casacão azul do Exército com divisas de oficial nos ombros. Harold Permalee participara do assalto ao trem Katy, e Farrell se juntara aos bandidos mais tarde naquela noite, quando trocaram suas montarias na casa de Mãe Permalee.

Essa mãe Permalee era uma notória receptadora de animais roubados, mas nunca fora levada perante a lei. Seu marido, Henry Joe Permalee, se matara com um detonador de dinamite no hediondo ato de descarrilar um trem de passageiros. Uma família imprestável de criminosos! Dos rapazes mais novos, Carroll Permalee vivera o suficiente pra conhecer a morte na cadeira elétrica, e não muito depois disso, quando estava ao volante de um automóvel, Darryl Permalee morreu baleado por um "vigia" de banco e um guarda da polícia em Mena, Arkansas. Não, não os comparem com Henry Starr ou os irmãos Dalton. Certamente Starr e os Dalton eram uns ladrões e uns tipos inconsequentes, mas não eram simplórios nem irremediavelmente corrompidos. Vocês devem lembrar que Bob e Grat Dalton serviram de agentes federais para o juiz Parker e que o Bob foi um dos bons, assim dizem. Homens direitos que ficaram maus! O que os leva a enveredar pelo caminho errado? Bill Doolin também. Um caubói que se perdeu.

Quando Lucky Ned Pepper e eu chegamos à saliência rochosa, Chaney ficou de pé de repente e veio com tudo pra cima de mim. "Vou torcer esse pescoço magrelo!", exclamou. Lucky Ned Pepper empurrou ele pro lado e disse, "Não, nada disso. Deixa esses curativos pra lá e vai selar os cavalos. Dá uma mão pra ele, Farrell".

Ele me empurrou pra perto da fogueira e disse, "Senta aí e fica quieta". Quando recuperou o fôlego, pegou uma luneta em seu casaco e esquadrinhou o domo rochoso a oeste. Não viu coisa alguma e se aboletou junto ao fogo, depois bebeu café numa lata e comeu um pouco de bacon de uma frigideira usando as mãos. Havia muita carne e diversas latas de água no fogo, algumas só com água e outras com café já fervido. Concluí que os bandidos estavam fazendo seu desjejum quando foram alertados pelo som do tiro no vale abaixo.

Eu disse, "Posso comer um pouco desse bacon?"

Lucky Ned Pepper falou, "Sirva-se. Toma um pouco de café."

"Eu não bebo café. Onde tá o pão?"

"A gente perdeu. Me explica o que você tá fazendo aqui."

Peguei um pedaço de bacon e mastiguei. "Com o maior prazer", falei. "Você vai ver que a razão está do meu lado. O Tom Chaney aí baleou meu pai em Fort Smith, roubou duas moedas de ouro e a égua dele. Ela chama Judy, mas não tô vendo ela por aqui. Fui informada que o Rooster Cogburn tinha fibra e contratei ele pra achar o assassino. Faz uns minutos atrás eu cruzei com o Tom Chaney lá embaixo dando água pros cavalos. Ele não quis ir preso comigo, então eu atirei nele. Se eu tivesse matado, não ia estar nesse apuro. Meu revólver falhou duas vezes."

"Eles fazem isso mesmo", disse Lucky Ned Pepper. "Quando você mais precisa, deixam você na mão." Daí ele riu. Disse, "A maioria das garotas gosta de brincar com boneca, mas você prefere uma arma, não é?"

"Não dou a mínima pelota pra arma nenhuma. Se desse, ia ter uma que funcionasse."

Chaney veio carregando umas coisas de dormir de dentro da caverna. Disse, "Me acertaram na tocaia, Ned. Os cavalos tavam bufando e fazendo barulho. Foi um daqueles federais que me pegou".

Eu disse, "Como você tem a cara de pau de ficar aí e contar a maior lorota?"

Chaney pegou um galho caído e atirou dentro de uma enorme fenda que havia na saliência. Disse, "Tem um ninho de cascavel aí embaixo nesse poço e eu vou jogar você ali dentro. O que você acha?"

"Não vai não", disse eu. "Esse homem não vai deixar você fazer isso. Ele é seu chefe e você tem que fazer o que ele mandar."

Lucky Ned Pepper pegou a luneta outra vez e observou o cume.

Chaney disse, "Cinco minutos já passou faz tempo".

"Vou dar pra eles um pouco mais de tempo", disse o chefe dos bandidos.

"Quanto tempo mais?", disse Chaney.

"Até eu achar que tiveram tempo suficiente."

Greaser Bob chamou de lá de baixo, dizendo, "Eles sumiram, Ned! Não dá pra ouvir nada! Melhor a gente ir andando!"

Lucky Ned Pepper respondeu, "Aguenta um pouco!"

Daí voltou ao seu desjejum. Disse, "Foi o Rooster e o Potter que armaram aquela emboscada pra nós ontem à noite?"

Eu disse, "O nome do homem não é Potter, é LaBoeuf. É um oficial do Texas. Está à procura do Chaney também, só que chama ele por outro nome".

"É ele que tem a arma de búfalo?"

"Ele chama de rifle Sharps. O braço dele ficou machucado no tiroteio."

"Ele matou meu cavalo. Um sujeito do Texas não tem nenhuma autoridade pra atirar em mim."

"Sobre isso eu não sei nada. Eu tenho um bom advogado lá em casa."

"Eles pegaram o Quincy e o Moon?"

"Os dois estão mortos. Foi uma coisa horrível de ver. E eu bem ali no meio. Você precisa de um bom advogado?"

"Preciso é de um bom juiz. E o Haze? Um sujeito velho."

"Isso, ele e o mais novo morreram os dois."

"Eu vi que o Billy tava morto na hora que acertaram ele. Achei que o Haze podia ter escapado. Ele era mais duro que couro de bota. Lamento por ele."

"E pelo menino Billy, você não lamenta?"

"Não era pra ele estar lá. Não tinha nada que eu podia fazer por ele."

"Como você sabia que ele tava morto?"

"Deu pra perceber. Eu avisei que não era pra ele ir, mas ele insistiu e daí acabei deixando, mesmo sabendo que era melhor não. Pra onde vocês levaram eles?"

"Pro armazém do McAlester."

"Deixa eu contar o que ele fez em Wagoner's Switch."

"Meu advogado tem influência política."

"Você vai achar isso engraçado. Eu pus ele junto com os cavalos num lugar fora de perigo e falei pra ele disparar uns tiros de rifle de vez em quando. Precisa dar uns tiros pros passageiros continuarem sentados no lugar. Bom, no começo foi tudo direitinho, mas depois, com o prosseguimento do serviço, eu notei que os tiros tinham parado. Imaginei que o Billy Boy tinha fugido pra casa, ido atrás de um pratinho de sopa da mãe. Bob saiu procurando por ele e achou o menino lá fora no escuro deixando cair os cartuchos das armas sem nem detonar. Ele pensava que tava atirando, mas tava tão assustado que não conseguia lembrar de apertar o gatilho. Ele era verde assim, verde que nem caqui em julho."

Eu disse, "Você não mostra muito sentimento por um jovem que salvou sua vida".

"Fiquei feliz que ele fez aquilo", disse Lucky Ned Pepper. "Não tô dizendo que ele fugia da briga, tô dizendo que era verde. Todo jovem tem disposição pra briga, mas o sujeito precisa olhar bem onde pisa e cuidar da própria pele. Olha só o velho Haze. Bom, agora ele tá morto, mas já era pra ele ter morrido umas dez vezes antes disso. Sim, senhor, e o seu bom amigo Rooster. Isso vale pra ele também."

"Ele não é meu amigo."

Farrell Permalee soltou um pio como seu irmão e disse, "Lá tão eles!"

Olhei na direção noroeste e vi dois cavaleiros chegando no topo da aresta. Little Blackie, sem cavaleiro, ia amarrado atrás. Lucky Ned Pepper levou a luneta ao olho, mas dava pra ver os dois perfeitamente sem auxílio nenhum. Quando chegaram na crista, deram uma parada e viraram na nossa direção, e o Rooster disparou uma pistola no ar. Vi a fumaça antes do barulho chegar na gente. Lucky Ned Pepper sacou o revólver e deu um tiro em resposta. Daí o Rooster e o LaBoeuf desapareceram além da colina. A última coisa que eu vi foi o Little Blackie.

Acho que eu não havia me dado conta até aquele momento da realidade da minha situação. Nunca tinha pensado que o Rooster ou o LaBoeuf pudessem dar o braço a torcer tão fácil pros bandidos. Na minha cabeça, eles iam entrar pelo mato e atacar os bandidos enquanto estavam desorganizados, ou empregar algum ardil engenhoso que só os detetives conheciam para pegar os bandidos por trás. Agora tinham ido embora! Os homens da lei haviam me abandonado! Fiquei completamente arrasada e pela primeira vez temi por minha vida. Meu espírito se encheu de ansiedade.

E de quem era a culpa? *Agente federal Rooster Cogburn!* Aquele bebum falastrão errara por seis quilômetros e levara a gente direto pro covil dos ladrões. Belo detetive! Pois sim, e num estado anterior de embriaguez enfiara fulminantes com defeito no meu revólver, fazendo com que falhasse na hora em que eu mais precisava. Mas isso não foi suficiente; agora ele tinha me abandonado naquele ermo do inferno à mercê duma gangue de assassinos que não dava a mínima pela vida dos próprios companheiros, muito menos por uma jovem desamparada e rejeitada! Era isso que eles chamavam de fibra em Fort Smith? Em Yell County a gente chamava de outra coisa!

Lucky Ned Pepper gritou pro Original Greaser e pro Harold Permalee largarem o posto de vigilância deles e voltarem pro acampamento. Os quatro cavalos estavam selados e prontos. Lucky Ned Pepper inspecionou as montarias, depois olhou a sela extra que estava no chão. Era uma sela velha, mas bonita, decorada com uns enfeites de prata trabalhada.

Ele disse, "Essa é a sela do Bob".

Tom Chaney disse, "Foi o cavalo do Bob que a gente perdeu".

"Que você perdeu", disse o chefe dos bandidos. "Tira a sela daquele cinza e põe a sela do Bob."

"Eu vou montar no cinza", disse o Chaney.

"Tenho outros planos pra você."

Chaney começou a tirar a sela do cavalo cinza. Disse, "Eu vou na garupa do Bob?"

"Não, vai ser arriscado demais com dois homens montados se a gente tiver que correr. Quando a gente chegar na casa da Ma, eu mando o Carroll de volta pra buscar você com uma montaria descansada. Quero que espere aqui com a garota. Quando escurecer, você sai. A gente tá indo pro The Old Place e você pode encontrar a gente lá."

"Bom, não tô gostando disso", disse o Chaney. "Deixa eu ir com vocês, Ned, cair fora daqui logo."

"Não."

"Aqueles federais vão vir aqui pra cima."

"Eles vão achar que foi todo mundo embora."

Eu disse, "Eu não vou ficar aqui sozinha com Tom Chaney".

Lucky Ned Pepper respondeu, "Vai ser do jeito que eu quero".

"Ele vai me matar", disse eu. "Você escutou ele dizer isso. Ele já matou meu pai e agora você vai deixar ele me matar."

"Ele não vai fazer nada disso", falou o chefe dos bandidos. "Tom, você conhece a encruzilhada em Cypress Forks, perto do templo de tronco?"

"Conheço o lugar."

"Você vai levar a menina até lá e deixar por lá mesmo." Daí pra mim, "Você pode passar a noite no templo. Tem um mudinho chamado Flanagan que mora uns três quilômetros rio acima. Ele tem uma mula e ajuda você a ir pro McAlester. Ele não fala nem escuta, mas sabe ler. Você sabe escrever?"

"Sei", disse eu. "Me deixa ir agora mesmo a pé. Eu encontro o caminho."

"Não, não vou permitir isso. O Tom não vai machucar você. Tá entendendo, Tom? Se alguma coisa acontecer com essa criança, você não recebe."

Chaney disse, "Farrell, deixa eu ir com você".

Farrell Permalee deu risada e fez uns barulhos de coruja, dizendo "Huu, huu, huu." Harold Permalee e o Original Greaser Bob se aproximaram, e Chaney começou a choramingar com eles pra ir na garupa de alguém. O Greaser Bob disse não. Os irmãos Permalee então se juntaram como dois idiotas, e o Chaney não recebia nenhuma resposta sensata. Harold Permalee interrompia as súplicas de Chaney toda vez com uma troça, fazendo sons animais iguais aos que são feitos por porcos, cabras e ovelhas, e Farrell ria da brincadeira e dizia, "Faz outra vez, Harold. Imita uma cabra".

Chaney disse, "Tudo tá contra mim".

Lucky Ned Pepper verificou se as fivelas estavam bem presas nos alforjes de sua sela.

O Greaser Bob disse, "Ned, vamos repartir os ganhos agora".

"A gente vai ter tempo pra isso no The Old Place", respondeu o chefe.

"A gente já se meteu em duas brigas", disse o Greaser. "Já perdemos dois homens. Eu ia ficar mais tranquilo se tivesse minha parte comigo."

Lucky Ned Pepper disse, "Ora essa, Bob, pensei que sua preocupação fosse ganhar tempo".

"Não demora muito. Eu ia ficar mais tranquilo."

"Tá conversado, então. Por mim tudo bem. Quero ver você tranquilo."

Ele enfiou a mão num dos alforjes e puxou quatro maços de verdinhas, daí deu pro Greaser Bob. "Que tal?"

O Greaser Bob disse, "Cê não vai contar?"

"A gente não vai brigar por causa de um dólar a mais ou a menos." Daí ele deu um maço pro Harold Permalee e uma única nota de cinquenta pro Farrell Permalee. Os irmãos disseram, "Uuuuuuuáááááá! Uuuuuuáááááá!" Me espantou que não reclamassem pedindo mais, diante da quantia obtida no assalto, mas imaginei que tinham concordado com uma paga fixa pelos seus serviços. Avaliei também que fossem um pouco ignorantes do valor do dinheiro.

Lucky Ned Pepper começou a afivelar o alforje outra vez. Disse, "Vou ficar com a sua parte aqui comigo, Tom. Você recebe hoje à noite no The Old Place".

Chaney disse, "Comigo nada dá certo".

Greaser Bob disse, "E a mala postal?"

"Bom, o que tem ela?", disse Lucky Ned Pepper. "Cê tá esperando alguma carta, Bob?"

"Se tiver algum dinheiro nela, a gente também pode dividir agora. Não tem cabimento carregar a mala pra cima e pra baixo só pra servir de prova."

"Cê ainda não tá tranquilo?"

"Cê tá se pegando demais nas minhas palavras, Ned."

Lucky Ned Pepper pensou um pouco sobre isso. Disse, "Bom, talvez seja". Desafivelou as correias outra vez. Tirou um malote de lona de dentro do alforje e abriu com uma faca Barlow, despejando o conteúdo no chão. Sorriu e disse,

"Presente de Natal!" Claro que isso é o que as crianças gritam umas pras outras de manhã cedo no Natal, a brincadeira sendo quem vai gritar primeiro. Eu nunca tinha pensado antes naquele ladrão desfigurado como alguém que tinha tido uma infância. Imaginava que fosse cruel com gatos e ficasse fazendo barulhos na igreja, isso quando não estava dormindo. Quando precisava de uma mão firme que o mantivesse na linha, ela não estava lá. Uma velha história!

Havia apenas seis ou sete correspondências no malote. Algumas cartas pessoais, uma com vinte dólares dentro, e alguns documentos que pareciam ser de natureza legal, como contratos. Lucky Ned Pepper olhou aquilo por cima e jogou fora. Um envelope cinza grosso amarrado com uma fita continha um pacote de títulos de cento e vinte dólares resgatáveis no Whelper Commercial Bank de Denison, Texas. Outro envelope continha um cheque.

Lucky Ned Pepper examinou aquilo, depois disse pra mim, "Cê sabe ler bem?"

"Leio muito bem", disse eu.

Ele me passou o cheque. "Isso tem algum préstimo pra mim?"

Era um cheque administrativo de 2.750 dólares emitido pela Grangers Trust Co. de Topeka, Kansas, para um sujeito chamado Marshall Purvis. Eu disse, "Isso é um cheque administrativo de 2.750 dólares emitido pela Grangers Trust Co. de Topeka, Kansas, para um sujeito chamado Marshall Purvis".

"O valor eu tô vendo", disse o bandido. "Tem algum préstimo?"

"Presta se o banco prestar", disse eu. "Mas precisa ser endossado por esse tal de Purvis. O banco garante a conta corrente."

"E que tal essas promissórias?"

Dei uma olhada nas letras de câmbio. Estavam estalando de novas. Disse, "Não estão assinadas. Não prestam pra nada se não estiverem assinadas".

"Você pode assinar elas?"

"Precisam da assinatura do sr. Whelper, presidente do banco."

"É um nome tão difícil assim de escrever?"

"Não é um nome comum, mas não é difícil de escrever. O nome tá impresso bem aqui. Aqui tá a assinatura dele, a assinatura impressa de Monroe G. B. Whelper, presidente do Whelper Commercial Bank de Denison, Texas. A assinatura precisa bater com essa aqui."

"Quero que assine elas. E o cheque também."

Naturalmente eu não queria usar minha instrução nesse serviço de bandido, então hesitei.

Ele disse, "Vou esbofetear sua orelha até sua cabeça zumbir".

Eu disse, "Não tenho nada pra usar pra escrever".

Ele tirou um cartucho do cinto e abriu a faca Barlow outra vez. "Isso vai servir. Vou raspar o chumbo."

"Precisa tá assinado com tinta."

Greaser Bob disse, "A gente cuida disso mais tarde, Ned. Esse negócio não vai fugir".

"A gente vai cuidar disso agora mesmo", respondeu o chefe dos bandidos. "Não era você que queria olhar a correspondência? Esse papel vale quatro mil dólares com uma coisinha escrita. A menina sabe escrever. Harold, vai até aquela pilha de lixo e traz pra mim uma pena de peru boa e inteira, limpa, uma pena grande da cauda." Depois ele arrancou a bala de dentro da cápsula com seus dentes quebrados e derramou a pólvora negra na palma da mão. Cuspiu naquilo pela fenda da boca e misturou a gosma pegajosa com um dedo.

Harold Permalee voltou com um punhado de penas; Lucky Ned Pepper escolheu uma e cortou a ponta com sua faca, alargando um pouco o buraco. Ele mergulhou a pena no "nanquim" e riscou um *NED* em seu pulso numa letra de criança. Disse, "Taí. Viu? Esse é meu nome. Não é?"

Eu disse, "É, isso é *Ned*".

Ele me passou a pluma. "Agora ao trabalho."

Uma rocha plana com um dos contratos em cima fez as vezes de mesa. Não sou de fazer serviço porco quando se trata de escrever e me debrucei com todo empenho na tarefa de fazer cópias fiéis da assinatura do sr. Whelper. Porém, a pena e o nanquim improvisados não eram satisfatórios. A letra saía toda tremida, e às vezes ficava muito gorda, às vezes muito fina. Parecia que alguém tinha escrito com um pedaço de pau. Meu pensamento foi o seguinte: *Quem vai acreditar que o sr. Whelper assina suas notas com um pedaço de pau?*

Mas o iletrado chefe dos bandidos não entendia grande coisa do mundo bancário, tirando os vislumbres que obteve atrás da mira de uma arma, e ficou satisfeito com o trabalho. Eu assinei e assinei, usando a palma da mão dele como tinteiro. Foi bem cansativo. Assim que eu terminava uma nota, ele pegava outra e me passava.

Disse, "Isso aqui vale ouro, Bob. Vou trocar lá no Colbert".

Greaser Bob disse, "Nada que tá em papel vale ouro. Essa é minha opinião".

"Bom, isso mostra quanto sabe uma droga de mexicano."

"Cada um com suas convicções. Fala pra ela ir logo."

Quando a tarefa criminosa foi completada, Lucky Ned Pepper enfiou as notas e o cheque no envelope cinza e o guardou no alforje. Disse, "Tom, a gente se vê hoje à noite. Seja bonzinho com a menina. O Little Carroll vai estar aqui quando você menos esperar".

Daí foram embora, não montados nos cavalos, mas puxando pelo arreio, já que a colina era tão íngreme e fechada.

Eu fiquei sozinha com o Tom Chaney!

Ele sentou do outro lado do fogo, diante de mim, com minha pistola na cintura e o rifle Henry no colo. Estava "perdido em pensamentos". Cutuquei um pouco o fogo e ajeitei alguns carvões em brasa em volta de uma das latas de água quente.

Chaney me observava. Disse, "O que cê tá fazendo?"

"Esquentando um pouco d'água pra poder lavar essa coisa preta da mão."

"Um pouco de sujeira não mata ninguém."

"É, isso é verdade, senão você e seus 'camaradas' já iam estar mortos. Sei que não vai me matar, mas prefiro tirar."

"Não me provoca. Senão cê vai parar naquele poço."

"Lucky Ned Pepper deixou avisado que, se me machucar, ele não vai pagar você. Ele também não tava pra brincadeira."

"Pelo jeito ele não tem a menor intenção de me pagar. Acho que me deixou aqui porque sabe que, quando eu fugir a pé, eu vou ser pego."

"Ele prometeu encontrar você no The Old Place."

"Fica quieta. Agora eu preciso pensar na minha situação e no que vou fazer pra sair dessa."

"E a minha situação? Pelo menos você não foi abandonado por um sujeito pra quem deu dinheiro e contratou pra sua proteção."

"Sua pequena abelhuda! O que alguém como você pode saber de sofrimento e aflição? Agora fica quieta enquanto eu penso."

"Você tá pensando no The Old Place?"

"Não, não tô pensando no The Old Place. Nem Carroll Permalee nem ninguém vai vir aqui com cavalo nenhum. Eles não estão indo pro The Old Place. Eu não sou tão burro quanto as pessoas pensam."

Pensei em perguntar pra ele sobre a outra moeda de ouro, daí fiquei quieta, com medo de que ele pudesse me forçar a devolver a outra que eu tinha recuperado. Eu disse, "O que você fez com a égua do pai?"

Ele não respondeu.

Eu disse, "Se você me deixar ir embora agora, eu fico quieta sobre seu paradeiro por dois dias."

"Posso fazer melhor do que isso", disse ele. "Vou dar um jeito de você ficar quieta pro resto da vida. Foi a última vez que eu mandei você calar essa boca."

A água não estava fervendo, mas começara a soltar um pouco de vapor; eu peguei a lata com um trapo e joguei em cima dele, daí saí em disparada numa fuga frenética. Mesmo pego de surpresa, ele conseguiu proteger o rosto com os braços. Ele gritou e foi atrás de mim na mesma hora. Meu plano desesperado era alcançar as árvores. Quando chegasse lá, pensava em escapar e finalmente sumir de vista ziguezagueando entre o mato.

Mas não aconteceu nada disso! Assim que cheguei na beirada da saliência rochosa, Chaney agarrou meu casaco por trás e me impediu de continuar. Meu pensamento foi o seguinte: *Agora eu tô frita!* Chaney estava praguejando e me bateu na cabeça com o cano da pistola. A pancada me fez ver estrelas e cheguei à conclusão de que tinha levado um tiro, pois não sabia a sensação causada por uma bala quando acerta sua cabeça. Meus pensamentos se voltaram para a tranquilidade da minha casa no Arkansas e para minha pobre mãe, que ia ficar arrasada com a notícia. Primeiro o marido e agora a filha mais velha, ambos mortos no espaço de duas semanas e despachados pela mesma mão sanguinária! Esse era o rumo dos meus pensamentos.

De repente escutei uma voz familiar, e as palavras soavam severas de autoridade. "Mãos pra cima, Chelmsford! Vamos lá, rápido! Tá tudo acabado pra você! Cuidado aí com essa pistola!"

Era o texano LaBoeuf! Ele tinha subido de volta pela colina, a pé, eu presumi, pois ofegava. Não estava nem a dez metros de distância, com o rifle enrolado em arame apontado pro Chaney.

Chaney largou meu casaco e deixou a pistola cair no chão. "Tá tudo contra mim", ele disse. Eu recuperei a pistola.

LaBoeuf disse, "Cê tá machucada, Mattie?"

"Tô com um galo doendo na cabeça", disse eu.

Ele disse pro Chaney, "Estou vendo que você tá sangrando".

"Foi essa garota que fez isso", disse ele. "Levei um tiro nas costelas e estou sangrando outra vez. Quando eu tusso, dói."

Eu disse, "Onde tá o Rooster?"

LaBoeuf disse, "Lá embaixo, vigiando a porta da frente. Vamos achar um lugar onde dê pra ver. Calma aí, Chelmsford!"

Fomos para o canto noroeste da saliência rochosa, contornando o poço que Chaney mencionou nas suas horríveis ameaças. "Cuidado onde pisa", avisei para o texano. "Tom Chaney diz que tá cheio de serpente venenosa no fundo, hibernando."

Do canto mais distante da saliência a vista era ampla. A encosta arborizada descia abruptamente sob nós e dava num campo. Esse campo, plano e aberto, também era bastante elevado e na outra ponta dele havia um outro declive que levava ao sopé das montanhas Winding Stair.

Nem bem assumimos nosso posto de observação, fomos contemplados com a visão de Lucky Ned Pepper e os outros três bandidos emergindo de entre as árvores em direção ao prado. Iam montados em seus cavalos e rumando para oeste, afastando-se de nós. Mal haviam começado a se pôr em marcha quando um cavaleiro solitário surgiu da mata na margem oeste do campo. O cavalo estava em movimento, e o cavaleiro o conduziu para o meio do espaço amplo e parou, de modo a bloquear a passagem dos quatro foras-da-lei.

Isso mesmo, era Rooster Cogburn! Os bandidos pararam e o confrontaram de uns setenta ou oitenta metros de distância. Rooster tinha um dos revólveres navy na mão esquerda e segurava a rédea na mão direita. Disse, "Cadê a garota, Ned?"

Lucky Ned Pepper disse, "A menina tava em ótima saúde quando vi da última vez! Agora não posso mais responder por ela!"

"Cê vai responder e é agora mesmo!", disse Rooster. "Cadê ela?"

LaBoeuf ficou na ponta dos pés, pôs as mãos em concha e berrou lá pra baixo, "Ela tá bem, Cogburn! Estou com o Chelmsford também! Cai fora logo!" Eu confirmei a notícia gritando, "Eu tô bem, Rooster! A gente pegou o Chaney! Cê precisa sair daí!"

Os bandidos viraram para olhar pra gente e sem dúvida ficaram surpresos e não pouco desconcertados com a interessante mudança de cenário. Rooster não respondeu e não deu mostras de que deixaria o local.

Lucky Ned Pepper disse, "Bom, Rooster, vai ou não vai sair do caminho? A gente tem assunto pra tratar em outro lugar!"

Rooster disse, "Harold, quero você e seu irmão fora disso! Não estou interessado em vocês dois hoje! Fiquem de fora e não vão se machucar!"

A resposta de Harold Permalee foi cantar imitando um galo, e o "Cocoricóóó!" provocou uma sonora gargalhada em seu irmão Farrell.

Lucky Ned Pepper disse, "O que pensa em fazer? Tá achando que um contra quatro é uma briga parelha?"

Rooster disse, "Pretendo matar você daqui a um minuto, Ned, ou ver você pendurado em Fort Smith quando o juiz Parker achar mais conveniente! Qual das duas vai ser?"

Lucky Ned Pepper riu. Disse, "Eu chamo isso de conversa abusada demais pra um gordo caolho!"

Rooster disse, "Então vem com tudo na mão, seu filho da puta!", e enfiou a rédea entre os dentes, sacou o outro revólver no coldre da sela, cravou suas esporas nos flancos de seu forte cavalo Bo e fez carga diretamente contra os bandidos. Foi uma visão e tanto. Ele empunhava os revólveres com os braços bem abertos de ambos os lados da cabeça de seu corcel impetuoso. Os quatro bandidos aceitaram o desafio, puxaram igualmente suas armas e investiram com os pôneis à frente.

Foi um ato pra lá de audacioso por parte do agente federal de cuja hombridade e fibra eu havia duvidado. Sem fibra? Rooster Cogburn? *Quase nada!*

LaBoeuf instintivamente ergueu o rifle, mas depois relaxou e não atirou. Dei um puxão em seu casaco, dizendo, "Atira neles!" O texano disse, "Estão longe demais e indo muito rápido".

Creio que os bandidos começaram a disparar suas armas primeiro, embora o fragor e a fumaça tenham sido de uma natureza tão súbita e generalizada que não posso ter certeza. O que sei é que o homem da lei arremeteu contra eles, mantendo um curso tão determinado e firme que os bandidos desmancharam sua "linha" antes que os alcançasse e passasse no meio deles, seus dois revólveres faiscando, e sem que fizesse mira, mas apenas apontando os canos e virando a cabeça de um lado para o outro para conseguir usar o olho bom.

Harold Permalee foi o primeiro a cair. Lançou sua espingarda ao ar, levou as mãos ao pescoço e rolou para trás sobre as ancas do cavalo. O Original Greaser Bob descreveu um arco mais amplo que os demais, abaixou em seu cavalo e conseguiu fugir com sua parte dos ganhos. Farrell Permalee foi atingido, e um momento depois seu cavalo tombou com uma pata quebrada; Farrell foi atirado violentamente adiante, ao encontro da morte.

Pensamos que Rooster passara pela vicissitude sem nenhum ferimento, mas na verdade fora atingido por inúmeros chumbos de espingarda no rosto e nos ombros, e seu cavalo Bo estava mortalmente ferido. Quando Rooster tentou freá-lo com os dentes e fazer meia-volta para ir à carga outra vez, o enorme cavalo tombou de lado, com Rooster sob seu corpo.

O campo agora era dominado por um único cavaleiro, e esse era Lucky Ned Pepper. Ele fez o cavalo se virar. Seu braço esquerdo pendia frouxo e inútil; contudo, ele ainda segurava um revólver na mão direita. Disse: "Bom, Rooster, os tiros me arrebentaram!" Rooster perdera seus grandes revólveres ao cair e lutava tentando sacar a arma em seu coldre, que ficara espremida contra o chão sob o peso de cavalo e cavaleiro.

Lucky Ned Pepper cutucou seu pônei adiante num trote e foi à carga contra o indefeso homem da lei.

LaBoeuf rapidamente se movimentou ao meu lado e assumiu uma postura sentada com o rifle Sharps, seus cotovelos apoiados nos joelhos. Só levou um segundo para fazer mira e disparar a poderosa arma. A bala voou até seu alvo como uma andorinha para sua cabeça e Lucky Ned Pepper tombou morto na sela. O cavalo empinou, o corpo do bandido foi ao chão e o cavalo fugiu em pânico. A distância coberta pelo maravilhoso tiro de LaBoeuf contra o cavaleiro em movimento foi de mais de seiscentos metros. Estou disposta a assinar uma declaração juramentada disso.

"Viva!", exclamei, exultante. "Um viva pro homem que veio do Texas! Que tiro supimpa!" LaBoeuf ficou satisfeito consigo mesmo e recarregou o rifle.

Ora, o prisioneiro tem uma vantagem em relação ao guarda no seguinte aspecto: o de que está sempre pensando na fuga e à espera de oportunidades, enquanto o guarda não fica constantemente pensando em guardá-lo. Uma vez subjugado seu homem, assim acredita o carcereiro, pouca coisa é necessária além da presença e da ameaça da força superior. Ele pensa em coisas alegres e permite que sua mente divague. Nada mais natural. Fosse de outro modo, o guarda seria um prisioneiro do prisioneiro.

E foi assim que LaBoeuf (e eu também) se distraiu por um perigoso momento apreciando a precisão do tiro de rifle que salvou a vida de Rooster Cogburn. Tom Chaney, aproveitando o ensejo, apanhou uma pedra do tamanho de uma abóbora fresca de cozinha e arrebentou a cabeça de LaBoeuf com ela.

O texano desabou com um gemido de agonia. Eu gritei, fiquei rapidamente de pé e recuei, levando minha pistola a apontar uma vez mais para Tom Chaney, que tentava se apoderar do rifle Sharps. Iria o velho revólver dragoon falhar comigo de novo? Eu esperava que não.

Engatilhei o cão na maior pressa e puxei o gatilho. A carga explodiu e lançou uma bala de chumbo da justiça, já tão demasiadamente postergada, contra a cabeça criminosa de Tom Chaney.

Contudo, eu não ia saborear a vitória. O coice da enorme pistola me fez rolar para trás. Eu tinha esquecido do *poço* atrás de mim! Lá fui eu pela beirada, caindo e batendo contra as laterais irregulares, e o tempo todo tentando desesperadamente me agarrar em alguma coisa sem nada encontrar. Cheguei ao fundo com um baque que me deixou completamente zonza. O ar foi expulso de meus pulmões e permaneci sem me mover por um momento, até recuperar o fôlego. Estava atordoada e fiquei com a ideia esquisita de que meu espírito flutuava para fora do meu corpo, escapando pela minha boca e minhas narinas.

Eu havia pensado que caíra deitada, mas, quando fiz força para levantar, descobri que estava presa verticalmente em um pequeno buraco, a parte inferior do meu corpo entalada com firmeza entre rochas cobertas de musgo. Como uma rolha numa garrafa!

Meu braço direito ficou imprensado contra a lateral do meu corpo e não dava pra tirar. Quando tentei usar a mão esquerda para me soltar, percebi com um choque que o antebraço estava dobrado numa posição antinatural. Eu havia quebrado o braço! Mas não sentia muita dor, só uma espécie de entorpecimento, como quando o braço está "dormindo". O movimento em meus dedos era fraco e a capacidade de agarrar alguma coisa se fora quase por completo. Relutei em usar o braço como alavanca, receando que a pressão piorasse a fratura e trouxesse dor.

Estava frio e escuro lá embaixo, embora não totalmente escuro. Uma fina coluna de raios de sol descia do alto e terminava em uma pequena poça de luz a cerca de um metro de distância, no chão rochoso da caverna. Ergui o rosto para a coluna e pude ver flutuando ali partículas de pó que minha queda provocara.

Olhei as pedras em volta de mim e vi alguns pedaços de pau, restos de papéis, um velho saco de fumo e manchas de gordura onde frigideiras haviam sido raspadas. Vi também a ponta de uma camisa azul de algodão de homem, sendo que o resto jazia nas sombras. Nada de cobras por perto. Graças aos céus por isso!

Juntei forças e gritei, "Socorro! LaBoeuf! Está ouvindo?" Nenhuma palavra veio em resposta. Eu não sabia se o texano estava vivo ou morto. Tudo que conseguia ouvir era um rugido baixo do vento na superfície, ruídos de coisas pingando atrás de mim e alguns débeis "chilros" e "guinchos". Não dava para identificar a natureza dos guinchos nem localizar sua origem.

Empreendi novos esforços para me libertar, mas o movimento vigoroso me fez escorregar um pouco mais fundo no buraco musgoso. Meu pensamento foi o seguinte: *Isso não vai dar certo*. Parei de me mexer, receando cair direto pelo buraco em profundidades de trevas que só conseguia imaginar. Minhas pernas balançavam livres abaixo de mim e meu jeans se erguera um pouco, de modo que partes das minhas pernas ficavam expostas. Senti alguma coisa roçar uma perna e pensei, *Aranha!* Chutei e agitei os pés, mas parei quando meu corpo deslizou para baixo mais um pouco.

Agora mais guinchos, e me ocorreu que havia *morcegos* na caverna abaixo de mim. *Morcegos* estavam fazendo o barulho e fora um *morcego* que se agarrara à minha perna. Sim, eu os havia perturbado. O poleiro deles era ali embaixo. Aquele buraco que eu tapara com tanta eficiência era sua passagem para o lado de fora.

Eu não tinha nenhum medo irracional de morcegos, sabendo serem umas criaturinhas tímidas, mas sabia também que são portadores da temível "hidrofobia", para a qual não existe remédio. O que os morcegos fariam quando chegasse a noite e sua hora de voar e dessem com a abertura para o mundo exterior fechada? Será que me morderiam? Se eu me debatesse e escoiceasse para espantá-los, sem dúvida iria escorregar pelo buraco com o movimento. Mas também não estava com a menor vontade de permanecer imóvel e deixar que me mordessem.

Noite! Será que eu ficaria ali até a noite? Eu precisava manter a cabeça no lugar e evitar pensamentos como esse. E quanto ao LaBoeuf? E o que acontecera com Rooster Cogburn? Ele não parecia ter se ferido gravemente na queda do cavalo. Mas como podia saber que eu estava ali embaixo? Minha situação não me agradava nem um pouco.

Pensei em pôr fogo nuns pedacinhos de roupa para sinalizar, mas a ideia era inútil, porque eu não tinha fósforos. Sem dúvida alguém viria. Talvez o capitão Finch. A notícia sobre a troca de tiros já devia ter se espalhado e traria um grupo para investigar. Isso, o destacamento dos federais. O negócio era esperar. A ajuda certamente estava a caminho. Pelo menos não havia cobras. Me decidi pelo seguinte procedimento: eu gritaria por socorro de cinco em cinco minutos, ou pelo menos o mais perto desse intervalo que fosse capaz de supor.

Chamei imediatamente e minhas esperanças foram outra vez frustradas pelo eco de minha própria voz, pelo vento, pelo gotejamento da água da caverna, pelos guinchos dos morcegos. Contei números em voz alta para medir o tempo. Isso ocupou minha mente e me deu um sentido de finalidade e método.

A contagem não fora muito longe quando meu corpo escorregou de um modo considerável e, com o pânico em meu peito, percebi que o musgo que me segurava como um lacre apertado começava a se soltar. Olhei em torno à procura de algo em que agarrar, de braço quebrado e tudo, mas tudo que minha mão encontrou foram superfícies rochosas escorregadias e sem reentrâncias. Eu estava a caminho do outro lado. Era só questão de tempo.

Outro solavanco pra baixo, na altura do meu cotovelo direito. Aquele calombo ossudo serviu como freio momentâneo mas dava para sentir o musgo cedendo no lugar. Um calço! Era disso que eu precisava. Alguma coisa para enfiar no buraco ali comigo e fazer a rolha encaixar com mais força. Ou um pedaço de pau comprido para passar por baixo do meu braço.

Olhei de um lado para outro procurando alguma coisa adequada. Nenhum daqueles poucos pedaços de pau jogados ali eram compridos ou grossos o bastante para minha finalidade. Se ao menos eu conseguisse alcançar a camisa azul! Seria a coisa perfeita para enrolar e calçar. Quebrei um pau tentando puxar a ponta da camisa. Com o segundo dei um jeito de fazer com que ficasse ao alcance dos meus dedos. Fraca como minha mão estava, consegui segurar o tecido entre o polegar e o indicador e puxei a camisa do meio das sombras. Estava surpreendentemente pesada. Havia alguma coisa presa nela.

De repente encolhi a mão com tudo, como se tivesse encostado num forno quente. Essa *alguma coisa* era o cadáver de um homem! Ou, mais propriamente, um esqueleto. Ele estava vestindo a camisa. Por um minuto fiquei sem ação, tão assustada e inesperada foi a descoberta. Dava para enxergar uma boa parte dos restos mortais, a cabeça com tufos de cabelo alaranjado brilhante saindo por um pedaço de chapéu preto apodrecido, um braço dentro da manga e a parte do tronco mais ou menos da cintura para cima. A camisa estava abotoada em dois ou três lugares perto do pescoço.

Logo recuperei a presença de espírito. *Estou caindo. Preciso dessa camisa.* Esses pensamentos me vieram com urgência. Faltava-me estômago para a tarefa que se impunha a mim, mas não havia outra coisa a fazer em minhas circunstâncias desesperadoras. Meu plano era dar um puxão forte na camisa, na esperança de arrancá-la do esqueleto. *Eu vou conseguir pegar essa camisa!*

Então agarrei o tecido mais uma vez e puxei para mim com toda a força que fui capaz de reunir. Meu braço foi invadido por uma pontada de dor, e parei. Após um formigamento inicial a dor diminuiu e deu lugar a um latejo entorpecido e tolerável. Examinei o resultado de meus esforços. Os botões haviam caído e agora o corpo estava ao meu alcance. A camisa em si permanecera vestindo os ombros e os ossos do braço de um jeito desmazelado. Vi também que a manobra expusera a caixa torácica do pobre coitado.

Mais um puxão e eu conseguiria aproximar o corpo o suficiente para soltar a camisa. Quando me senti pronta para a tarefa, meus olhos foram atraídos por alguma coisa — movimento? — no interior da cavidade formada pelas costelas curvas e acinzentadas. Me curvei para olhar melhor. *Cobras! Um ninho de cobras!* Tentei me jogar para trás, mas é claro que não havia como recuar de verdade, prisioneira como estava da armadilha musgosa.

Não dá pra estipular direito quantas cascavéis havia no ninho, porque umas eram grandes, maiores que meu braço, enquanto outras eram pequenas, chegando a ter o tamanho de um lápis de grafite, mas acho que não eram menos que quarenta. Com o coração trepidando, observei o modo como se contorciam morosamente no peito do homem. Eu perturbara seu sono em seu curioso alojamento de inverno e agora, mais ou menos conscientes, elas começavam a se agitar e se libertar do emaranhado, caindo para um lado e para outro.

Agora sim, pensei, entrei numa bela duma fria. Eu precisava desesperadamente da camisa, mas não queria "provocar" ainda mais as cobras para conseguir. E mesmo enquanto pensava essas coisas eu ia afundando e sendo engolida para as profundezas do... *do quê?* Talvez um tanque d'água negro e sem fundo onde os peixes eram brancos e não tinham olhos para enxergar.

Me perguntei se as cobras eram capazes de morder naquele estado letárgico em que se encontravam. Pensei que não podiam ver muito bem, se é que podiam ver alguma coisa, mas notei também que a luz e o calor do sol tiveram um efeito revigorante sobre elas. A gente mantinha duas cobras-rei mosqueadas no nosso silo de milho pra comer os ratos e eu não tinha medo delas, o Saul e o Little David, como a gente chamava, mas na verdade eu não entendia patavina de cobra. As mocassins e as cascavéis eram pra ser evitadas se possível e mortas se houvesse uma enxada à mão. Isso era tudo que eu sabia a respeito de cobras venenosas.

A dor em meu braço quebrado foi piorando. Senti mais um pouco do musgo cedendo contra meu braço direito e ao mesmo tempo vi que algumas cobras saíam rastejando através das costelas do homem. *Que o Senhor me ajude!*

Cerrei os dentes e agarrei a mão de esqueleto que se projetava pela manga azul da camisa. Com um tranco, separei o braço do ombro. Uma coisa horrível de se fazer, vocês vão dizer, mas, como podem ver, eu agora tinha algo com que trabalhar.

Examinei o braço. Pedaços de cartilagem o mantinham unido na altura do cotovelo. Torcendo um pouco, consegui separá-lo nesse lugar. Peguei o longo osso superior do braço e o prendi sob minha axila para servir de escora. Aquilo me impediria de mergulhar pelo buraco caso eu chegasse a tanto em meu declínio. Era um osso bastante comprido e, assim eu esperava, forte. Fiquei agradecida ao pobre homem por ele ser alto.

O que me restara agora era a parte inferior, os dois ossos do antebraço, e a mão e o pulso, tudo num pedaço só.

Segurei aquilo pelo cotovelo e passei a usar como um mangual pra manter as cobras a distância. "Toma, fora daqui!", dizia eu, batendo nelas com a mão de esqueleto. "Pra trás, vocês!" Isso estava ótimo até eu perceber que a agitação apenas fazia com que ficassem mais ativas. Tentando mantê-las longe, eu ao mesmo tempo as deixava mais agitadas! Moviam-se muito vagarosamente mas eram tantas que eu não conseguia ficar de olho em todas.

Cada vez que eu batia uma dor lancinante invadia meu braço, e como vocês devem imaginar esses golpes não eram fortes o suficiente pra matar as cobras. Mas essa não era minha ideia. Minha ideia era mantê-las afastadas e impedir que dessem a volta por trás de mim. Meu raio de ataque da esquerda para a direita era qualquer coisa inferior a 180 graus e eu sabia que, se as cascavéis contornassem meu corpo, eu estaria "num mato sem cachorro".

Escutei ruídos lá em cima. Uma cascata de areia e cascalho desceu pelo poço. "Socorro!", gritei. "Estou aqui embaixo! Preciso de ajuda!" Meu pensamento foi o seguinte: *Graças a Deus. Alguém apareceu. Logo saio desse buraco infernal.* Vi gotas de alguma coisa respingando numa rocha diante de mim. Era sangue. "Rápido!", berrei. "Tem cobras e esqueletos aqui embaixo!"

Uma voz de homem gritou de volta, dizendo, "Garanto que vai ter mais um antes da primavera! Um esqueletinho bem magrelo!"

Era a voz de Tom Chaney! Eu ainda não fizera um bom trabalho em matá-lo! Presumi que estivesse debruçado sobre a borda e que o sangue caía de sua cabeça ferida.

"Que tal aí embaixo?", provocou.

"Me joga uma corda, Tom! Você não pode ser tão ruim assim pra me deixar aqui!"

"Isso quer dizer que não está gostando?"

Então escutei um grito e os ruídos de uma briga, com um terrível som de esmagamento, que era a coronha do rifle de Rooster Cogburn atingindo a cabeça ferida de Tom Chaney. Daí se seguiu uma chuva furiosa de pedras e poeira. A luz foi bloqueada e distingui um grande objeto caindo em minha direção. Era o corpo de Tom Chaney. Curvei o corpo para trás o mais que pude a fim de evitar ser atingida, e isso não aconteceu por muito pouco.

Ele caiu direto em cima do esqueleto, esmagando os ossos, enchendo meu rosto e meus olhos de terra e espantando as cascavéis perplexas cada uma para um lado. As serpentes estavam por toda parte em volta de mim e comecei a bater nelas com tal abandono que meu corpo desceu livremente pelo buraco. *Lá fui eu!*

Não! Parei de repente! Fiquei balançando, suspensa no espaço pelo osso sob minha axila. Morcegos passaram voando diante do meu rosto e os de baixo se agitavam como uma árvore cheia de pardais ao pôr do sol. Apenas minha cabeça e meu braço esquerdo agora permaneciam acima do buraco. Fiquei pendurada ali em um ângulo desconfortável. O osso vergou sob meu peso e rezei pra que aguentasse. Meu braço esquerdo estava paralisado e inteiramente ocupado em segurar no osso, e eu não tinha como usar a mão para afastar as cobras.

"Socorro!", gritei. "Alguém me ajuda!"

A voz de Rooster trovejou lá de cima, perguntando, "Cê tá bem?"

"Não! Me machuquei feio! Rápido!"

"Vou descer uma corda! Segura debaixo do braço e prende com um nó firme!"

"Não dá pra mexer na corda! Cê vai ter que descer aqui e me ajudar! Rápido, tô caindo! Tá cheio de cobra em volta da minha cabeça!"

"Aguenta firme! Aguenta firme!", chamou outra voz. Era LaBoeuf. O texano sobrevivera à pancada. Os dois estavam salvos.

Fiquei vendo duas cascavéis darem o bote e afundarem os dentes afiados no rosto e no pescoço de Tom Chaney. O corpo estava sem vida e não ensaiou qualquer protesto. Meu pensamento foi o seguinte: *Essas bandidas também mordem em dezembro e a prova tá bem aí!* Uma das menores se aproximou da minha mão e esfregou o nariz ali. Mexi a mão um pouco, e a cobra se aproximou e encostou o nariz na carne outra vez. Ela se moveu mais um tantinho e começou a esfregar a parte de baixo da mandíbula no alto da minha mão.

Pelo canto do olho vi outra cobra no meu ombro esquerdo. Ela permanecia imóvel e flácida. Não dava pra dizer se estava morta ou só dormindo. Fosse qual fosse o caso, eu não a queria ali e comecei a balançar o corpo suavemente de um lado pro outro no meu eixo de osso. O movimento fez a serpente rolar com a barriga branca pra cima e com um repelão do meu ombro ela mergulhou na escuridão abaixo.

Senti uma picada e vi a cobrinha afastando sua cabeça de minha mão, uma gota de veneno cor de âmbar na boca. Ela me mordera. A mão já estava praticamente toda dormente por causa da posição rígida e eu mal senti a mordida. Estava mais para uma picada de mutuca. Me considerei com sorte porque a cobra era pequena. Pra vocês verem como eu entendo de história natural. Gente que conhece diz que as serpentes mais novas carregam o veneno mais potente, e que vai enfraquecendo com a idade. Acredito no que elas falam.

Então vi o Rooster com uma corda enrolada em volta da cintura e os pés apoiados nas paredes do poço, descendo em grandes saltos violentos e fazendo cair outra chuva de rochas e poeira em cima de mim. Ele aterrissou com um baque pesado e daí pareceu fazer tudo ao mesmo tempo. Agarrou o colarinho do meu casaco e da minha camisa perto da nuca e me ergueu do buraco com uma das mãos, ao mesmo tempo chutando as cobras e atirando nelas com seu revólver. O barulho foi ensurdecedor e fez minha cabeça doer.

Minhas pernas estavam bambas. Eu mal conseguia ficar de pé.

Rooster disse, "Consegue segurar no meu pescoço?"

Eu disse, "Consigo, vou tentar". Havia dois buracos vermelho-escuros em seu rosto, com escorridos de sangue seco no lugar onde os projéteis de espingarda tinham acertado.

Ele se curvou, eu passei o braço direito em torno de seu pescoço e me apoiei em suas costas. Ele tentou escalar a corda puxando com uma mão depois da outra e com os pés apoiados nas paredes do poço, mas depois de apenas três avanços teve de descer de volta. Nosso peso combinado foi demais pra ele. Seu ombro direito estava com um ferimento de bala também, embora eu não soubesse disso naquele momento.

"Fica atrás de mim!", ele disse, chutando e pisoteando as cobras ao mesmo tempo que recarregava a pistola. Uma enorme vovó cobra se enrodilhou em torno da bota do Rooster e pagou pela ousadia com um balaço na cabeça.

Rooster disse, "Você acha que consegue subir pela corda?"

"Meu braço tá quebrado", disse eu. "E levei uma mordida na mão."

Ele olhou para a minha mão, sacou seu punhal e cortou o lugar pra escarificar. Espremeu o sangue, pegou um pedaço de fumo e mascou rapidamente, daí esfregou o emplastro em cima da ferida para chupar o veneno.

Então ele prendeu a corda bem forte sob meus braços. Gritou para o texano, "Pega a corda, LaBoeuf! Mattie tá ferida! Quero que puxe ela pra cima de pouquinho em pouquinho! Tá me escutando?"

LaBoeuf respondeu, "Vou ver como dá pra fazer!"

A corda se retesou e me suspendeu na ponta dos pés. "Puxa!", gritou Rooster. "A garota levou uma mordida de cobra, homem! Puxa!" Mas LaBoeuf não conseguia, fraco como estava por causa do braço ruim e da pancada na cabeça. "Não adianta!", disse ele. "Vou tentar o cavalo!"

Em questão de minutos ele prendeu a corda em um pônei. "Tudo pronto!", veio lá de cima a voz do texano. "Segura firme aí!"

"Vai!", disse Rooster.

Ele havia enrolado a corda em torno de seu quadril e dado uma volta com ela em torno da cintura. Com o outro braço me segurava. Um solavanco tirou a gente do chão. Agora sim havia potência na outra ponta! Fomos subindo aos trancos. Rooster usava os pés pra proteger a gente das paredes acidentadas. A gente ficou um pouco esfolado.

Luz do sol e céu azul! Eu estava tão fraca que fiquei deitada no chão sem conseguir falar. Pisquei seguidamente pra acostumar os olhos com a claridade e vi que LaBoeuf estava sentado com a cabeça ensanguentada nas mãos e ofegando do esforço em conduzir o cavalo. Daí eu vi o cavalo. Era Little Blackie! O poneizinho nos salvara! Meu pensamento foi o seguinte: *A pedra que os construtores rejeitaram é essa mesma que virou a pedra angular.*

Rooster prendeu o curativo de tabaco no dorso da minha mão com um pedaço de trapo. Disse, "Dá pra andar?"

"Dá, acho que dá", disse eu. Ele me conduziu na direção do cavalo e depois de dar alguns passos uma náusea tomou conta de mim e eu caí de joelhos. Depois que o enjoo passou, Rooster me ajudou a montar em Little Blackie. Ele prendeu meus pés nos estribos e com outro pedaço de corda amarrou minha cintura na sela, na frente e atrás. Daí ele montou atrás de mim.

Disse para o LaBoeuf, "Vou mandar ajuda assim que puder. Não se afasta daqui".

Eu disse, "A gente vai deixar ele aqui?"

Rooster disse, "Tenho que levar você pro médico, maninha, ou não vai sobreviver." E disse para o LaBoeuf, à guisa de remate, "Estou em dívida com você por aquele tiro, parceiro".

O texano não disse nada e nós deixamos ele ali com a cabeça entre as mãos. Imagino que estivesse se sentindo muito mal. Rooster esporeou Blackie e o pônei fiel partiu tropeçando e deslizando pela colina íngreme e cheia de arbustos que um cavaleiro prudente teria percorrido conduzindo a montaria a pé. A descida, já em si perigosa, ficava ainda mais com a pesada carga que Blackie levava. Não havia como desviar de todos os galhos. Rooster perdeu seu chapéu e nunca olhou pra trás.

Galopamos pelo campo que pouco antes se cobrira com a fumaça do duelo. Meus olhos ficaram congestionados da náusea e através de uma cortina lacrimosa vi os cavalos mortos e os corpos dos bandidos. A dor em meu braço aumentou; comecei a chorar e as lágrimas eram sopradas para trás em minhas bochechas. Assim que descemos a montanha rumamos para o norte, e adivinhei que estávamos a caminho de Fort Smith. A despeito de sua carga, Blackie mantinha a cabeça elevada e corria como o vento, talvez percebendo a urgência da missão. Rooster o esporeava e açoitava sem trégua. Não demorou para que eu desmaiasse.

    Quando recobrei os sentidos, percebi que havíamos diminuído a marcha. Engasgando e arquejando, Blackie mesmo assim dava tudo que podia. Não sei dizer quantos quilômetros havíamos galopado. O pobre animal espumava! Rooster seguia açoitando e açoitando.

    "Chega!", eu disse. "A gente precisa parar! Ele não aguenta mais!" Rooster não me deu ouvidos. Blackie estava esgotado e, quando ele cambaleou e fez menção de parar, Rooster sacou seu punhal e abriu um talho brutal na cernelha do pônei. "Não! Não!", eu gemi. Little Blackie gritou e disparou outra vez sob o estímulo da dor. Tentei me apoderar da rédea, mas Rooster afastou minhas mãos com um tapa. Eu chorava e gritava. Quando Blackie diminuiu outra vez, Rooster pegou sal em seu bolso e esfregou a ferida, fazendo o pônei retomar a velocidade como antes. Em poucos minutos essa tortura chegou misericordiosamente ao fim. Blackie caiu no chão e morreu, seu bravo coração rebentado, e o meu, partido. Jamais existiu um pônei mais nobre.

    Nem bem caíramos, Rooster já cortava as cordas para me soltar. Ordenou que eu subisse em suas costas. Segurei firme em torno de seu pescoço com meu braço direito e ele sustentou minhas pernas com seus braços. Agora era Rooster que começava a correr, ou, com todo o peso, a trotar, e sua respiração ficou pesada. Mais uma vez perdi os sentidos e quando dei por mim estava sendo carregada em seus braços, com gotas de suor de sua testa e seu bigode pingando em meu pescoço.

    Não tenho qualquer lembrança de pararmos no rio Poteau, onde Rooster se apossou de uma carroça com mulas que um grupo de caçadores entregou sob a mira do revólver. Não quero sugerir que os caçadores estivessem relutantes em ceder seu meio de transporte numa tal emergência, mas Rooster estava impaciente demais para se explicar e simplesmente o tomou à força. Mais adiante no rio paramos na casa de um rico fazendeiro índio chamado Cullen. Ele providenciou pra gente uma pequena carruagem e uma veloz parelha de cavalos idênticos, e também mandou um de seus filhos junto montado num pônei branco para mostrar o caminho.

A noite havia caído quando chegamos a Fort Smith. Entramos na cidade sob uma garoa gelada. Lembro de ter sido carregada para a casa do dr. J. R. Medill, com o dr. Medill segurando o chapéu sobre um lampião a óleo para protegê-lo da chuva.

Fiquei num estupor por dias. O osso quebrado foi arrumado e uma tala aberta foi colocada em meu antebraço. Minha mão inchou e ficou preta, e depois meu pulso. No terceiro dia o dr. Medill me deu uma dose considerável de morfina e amputou o braço pouco acima do cotovelo com uma pequena serra cirúrgica. Minha mãe e o dr. Daggett permaneceram ao meu lado enquanto esse trabalho era realizado. Grande admiração me causou minha mãe por ficar sentada ali sem hesitar, pois ela era de temperamento delicado. Ela segurou minha mão direita e chorou.

Continuei na casa do médico por cerca de uma semana após a operação. Rooster foi me visitar duas vezes, mas eu estava tão mal e "dopada" que não fui uma grande companhia. Havia curativos em seu rosto, nos lugares onde o dr. Medill removera as balas esféricas de espingarda. Ele me contou que o destacamento de federais encontrara LaBoeuf e que o homem da lei se recusara a deixar o local enquanto não recuperassem o corpo de Tom Chaney. Nenhum dos federais estava ansioso em descer no poço, então LaBoeuf fez com que o baixassem numa corda. Ele mesmo fez o serviço, ainda que sua visão estivesse um pouco confusa por causa da pancada na cabeça. No armazém de McAlester trataram como puderam o afundamento em sua cabeça e de lá ele partiu para o Texas com o cadáver do homem cujo rastro seguira por tanto tempo.

Voltei para casa em um trem lustroso, deitada de costas numa maca que instalaram no corredor de um vagão de passageiros. Como eu disse, estava muito mal e só depois de ficar em casa alguns dias recuperei plenamente minhas faculdades. Me ocorreu que não havia pago a Rooster o restante do dinheiro. Fiz um cheque de setenta e cinco dólares, enfiei num envelope e pedi ao dr. Daggett pra enviar a Rooster aos cuidados da repartição federal.

O dr. Daggett me fez umas perguntas sobre isso e durante a conversa descobri uma coisa preocupante. Era o seguinte: o advogado havia culpado Rooster por me levar na caçada a Tom Chaney e lhe dirigira pesadas ofensas, ameaçando processá-lo e levá-lo a tribunal. Fiquei muito chateada ao saber disso. Contei para o dr. Daggett que Rooster não tinha a menor culpa e que, muito pelo contrário, só merecia ser elogiado e enaltecido por sua fibra. O homem sem dúvida salvara minha vida.

Fosse lá o que seus adversários, as companhias ferroviárias e de barcos a vapor pudessem pensar, o dr. Daggett era um cavalheiro e, ao tomar conhecimento da história verdadeira, ficou envergonhado por suas atitudes. Afirmou que continuava a considerar que o agente federal agira em desacordo com o bom-senso, mas diante das circunstâncias merecia um pedido de desculpas. Foi para Fort Smith e entregou pessoalmente os setenta e cinco dólares devidos, e então o presenteou com um cheque de duzentos dólares seu, perguntando se aceitava seus pedidos de desculpas pelas palavras duras e injustas que havia lhe dirigido.

Escrevi uma carta para Rooster convidando ele a nos visitar. Ele respondeu com um bilhete curto muito parecido com um de seus "comprovantes", dizendo que tentaria dar uma passada da próxima vez que levasse prisioneiros para Little Rock. Concluí que não viria e fiz planos de ir até lá quando conseguisse voltar a andar. Estava muito curiosa em descobrir quanto recebera, se é que recebera alguma coisa, a título de recompensa por ter dizimado o bando de ladrões de Lucky Ned Pepper, e se já tivera alguma notícia de LaBoeuf. Devo dizer aqui que Judy jamais foi recuperada, tampouco a segunda moeda de ouro. Guardei a outra por vários anos, até nossa casa pegar fogo. Não encontramos nenhum vestígio dela entre as cinzas.

 Mas nunca tive oportunidade de visitá-lo. Nem três semanas após nosso regresso das montanhas Winding Stair, Rooster se viu encrencado por conta de um duelo que travou em Fort Gibson, na Nação Cherokee. Ele baleou e matou Odus Wharton nesse duelo. Claro que Wharton era um assassino condenado e um fugitivo do cadafalso, mas se criou a maior comoção pelo modo como se deu o tiroteio. Rooster atirou em outros dois sujeitos que estavam com Wharton e matou um deles. Deviam ser dois imprestáveis, ou então não estariam na companhia daquele "sicário", mas eles não estavam sendo procurados pela lei, na época, e Rooster foi criticado. Ele tinha muitos inimigos. Fizeram muita pressão e Rooster teve de entregar seu distintivo dos U.S. Marshals. Só ficamos sabendo disso depois que tudo terminou e Rooster partiu.

 Ele pegou seu gato General Price, a viúva de Potter e seus seis filhos e foi para San Antonio, Texas, onde achou trabalho como detetive de conflitos rurais para uma associação de criadores. Não se casou com a mulher em Fort Smith e presumo que esperaram até chegar à "Cidade do Álamo".

 De tempos em tempos eu recebia notícias suas por Chen Lee, que não ficava sabendo diretamente, mas apenas de rumores. Escrevi duas vezes para a associação de criadores em San Antonio. A cartas não foram devolvidas, mas tampouco respondidas. O que eu soube em seguida foi que o próprio Rooster entrou pro negócio da criação, em termos modestos. Então, no início da década de 1890, ouvi dizer que largara a tal da Potter e toda a prole e fora para o norte, para o Wyoming, com um tipo perigoso chamado Tom Smith, onde foram contratados por donos de gado para aterrorizar ladrões e pessoas chamadas de *nesters* e *grangers*, posseiros e coletivistas. Era um trabalhinho lamentável, me contaram, e receio que não tenha feito nenhum bem para a reputação de Rooster ter tomado parte no que ficou conhecido como a "Guerra do Condado de Johnson".

 No fim de maio de 1903 Little Frank me mandou um recorte do *The Commercial Appeal* em Memphis. Era um anúncio do show de "Velho Oeste" de Cole Younger e Frank James, que seria realizado no campo de beisebol dos Memphis Chicks. Ali em letras miúdas na parte de baixo da notícia Little Frank circulara o seguinte:

ELE LUTOU AO LADO DE QUANTRILL! ELE LUTOU POR PARKER!

O flagelo dos fora da lei territoriais e dos ladrões de gado do Texas por 25 anos!
"Rooster" Cogburn vai deixá-los boquiabertos com sua destreza e vigor no manejo do revólver de seis tiros e do rifle de repetição! Não deixem as senhoras e os pequeninos para trás! O público pode assistir a esse espetáculo único em perfeita segurança!

Então ele estava a caminho de Memphis. Little Frank me apoquentara ao longo dos anos com provocações e zombarias envolvendo Rooster, pretendendo que fosse meu "namoradinho" secreto. Ao enviar o recorte, estava caçoando de mim, achava ele. Escrevera a lápis no jornal uma anotação que dizia, "Destreza e vigor! Ainda dá tempo, Mattie!" Little Frank adora se divertir às custas dos outros e, quanto mais ele acha que você liga, mais ele gosta. A gente sempre apreciou piadas na nossa família e acho que tudo bem se a pessoa sabe a hora e o lugar. Até Victoria gosta de uma boa piada, na medida em que consegue entender uma. Nunca guardei rancor de nenhum dos dois por me largar em casa com a mãe pra cuidar, e eles sabem disso, porque já falei pra eles.

Tomei o trem para Memphis via Little Rock e não tive problemas em fazer os condutores aceitarem meu passe de Rock Island. Pertencia a um agente de carga e estava em minha posse como garantia de um pequeno empréstimo. Eu havia pensado em me instalar em um hotel em vez de visitar Little Frank imediatamente, pois não estava disposta a escutar suas zombarias antes de ter visto o Rooster. Fiquei imaginando se o velho homem da lei me reconheceria. Meu pensamento foi o seguinte: *Um quarto de século é muito tempo!*

Acontece que acabei não indo para um hotel. Quando meu trem chegou à "Cidade do Promontório", vi que o trem do espetáculo estava parado ali em um ramal. Deixei minha bagagem na estação e fui andando junto aos vagões do circo e em meio à multidão de cavalos, índios e homens vestidos de caubóis e soldados.

Encontrei Cole Younger e Frank James sentados em um vagão Pullman em mangas de camisa. Estavam bebendo Coca-Cola e se abanando. Eram homens velhos. Presumi que Rooster houvesse envelhecido um bocado, também. Esses veteranos todos haviam combatido na fronteira sob o estandarte negro de Quantrill e depois disso viveram vidas arriscadas, mas agora era só para aquilo que serviam, se exibir diante do público como animais da selva.

Dizia-se que Younger carregava catorze balas em partes diferentes de sua carne. Era um homem robusto e rubicundo de modos agradáveis e se levantou para me cumprimentar. O pálido James continuou sentado e não falou nem tirou o chapéu. Younger me contou que Rooster falecera alguns dias antes, quando o show era apresentado em Jonesboro, Arkansas. A saúde andara lhe faltando havia alguns meses, vinha sofrendo com uma enfermidade que chamava de *night hoss*, cavalo noturno, e o calor do início do verão fora demais para ele. Younger calculava sua idade em sessenta e oito anos. Não apareceu ninguém para reclamar seu corpo e enterraram ele no cemitério confederado em Memphis, embora fosse natural de Osceola, Missouri.

Younger falou com afeição a seu respeito. "A gente se divertiu um bocado", foi uma das coisas que disse. Agradeci o educado e envelhecido fora da lei por sua ajuda e disse a James, "Não se levante por minha causa, seu imprestável!", e fui embora. Acredita-se hoje que foi Frank James quem atirou no funcionário do banco em Northfield. Até onde eu sei, o patife nunca passou uma noite na cadeia, enquanto Cole Younger amargou vinte e cinco anos na penitenciária de Minnesota.

Não fiquei para o show porque imaginei que seria um negócio tolo e aborrecido como todo circo. As pessoas se queixaram depois, dizendo que James nada fez além de acenar com o chapéu para a multidão, e que Younger fez ainda menos, sendo um dos termos de sua condicional o de não poder se exibir em público. Little Frank levou seus dois meninos para assistir e eles gostaram dos cavalos.

    Transferi o corpo de Rooster para Dardanelle no trem. As ferrovias não gostam de transportar corpos exumados no verão, mas dei um jeito de não pagar a taxa extra, fazendo com que meu banco correspondente em Memphis executasse a operação desse terminal por intermédio de um atacadista de armazém que empreendia uma volumosa transação de frete. Ele foi sepultado dessa vez no jazigo da família. Rooster ganhou uma pequena lápide encomendada pelos Estados Confederados da América, mas era tão minúscula que mandei erguer uma outra ao lado dela, uma laje de sessenta e cinco dólares feita com mármore de Batesville, onde se lia a inscrição

REUBEN COGBURN
1835-1903
HOMEM DA LEI RESOLUTO
DO TRIBUNAL DE PARKER

    O povo aqui em Dardanelle e Russellville disse, puxa, ela mal conheceu o homem, mas é bem de solteirona excêntrica fazer uma coisa "chamativa" desse jeito. Sei o que disseram mesmo eles não dizendo na minha cara. O povo adora falar. Eles adoram achincalhar a pessoa se a pessoa tem alguma posse. Dizem que não ligo pra outra coisa além de dinheiro e da Igreja Presbiteriana e que é por isso que nunca casei. Acham que tá todo mundo louco pra casar. É verdade que adoro minha igreja e meu banco. Qual o problema com isso? Vou contar um segredo para vocês. Essa mesma gente fala bem mansinho quando vem pedir um empréstimo pra plantação ou implorar por uma prorrogação da hipoteca! Nunca tive tempo para pensar em casamento, mas não é da conta de ninguém se sou casada ou não. Estou pouco me lixando para o que dizem. Eu podia casar com um roceiro tosco se me desse na veneta e fazer dele meu caixa. Nunca tive tempo pra essas bobagens. Uma mulher com cérebro, uma língua afiada, uma manga presa com alfinete e uma mãe inválida pra cuidar enfrenta um bocado de desvantagem, mas vou dizer que eu poderia ter tido uns dois ou três velhos porcalhões por aqui só de olho no meu banco. *Não, muito obrigada!* Acho que vocês iam ficar surpresos em descobrir o nome deles.

  Nunca mais soube do policial do Texas, LaBoeuf. Se ele ainda estiver vivo e por acaso vier a ler estas páginas, me alegrará ter notícias suas. Calculo que esteja com mais de setenta, a essa altura, e mais perto dos oitenta do que dos setenta. Imagino que tenha perdido um pouco a altivez engomada daquela sua "crista". O tempo simplesmente escapa da gente. Isso encerra meu relato autêntico de como vinguei o assassinato de Frank Ross nas terras da Nação Choctaw quando a neve cobria o chão.